小说家的散文

葛水平 著

一唱三叹

河南文艺出版社
· 郑州 ·

作者简介

　　葛水平,作家,1966 年生于山西省沁水县。主要作品有长篇小说《活水》《裸地》,中短篇小说集《守望》《喊山》《地气》《过光景》等,散文集《我走我在》《河水带走两岸》等,剧本《平凡的世界》。曾获鲁迅文学奖、赵树理文学奖、中国女性文学奖、冰心散文奖。现为山西省作家协会副主席,山西大学文学院教授。

目录

辑二　窑里窑外

辑三　俗世中修行

辑四　文字时光

辑一　看戏去

一座戏台改变了村庄天空的颜色

戏在民间,让历史有一种动感。

大幕二幕层层悬垂,逝去的历史开合在人间戏台上。乡间的风花雪月都是在台上和台下的,台上的行事带风,一言一行一招一式均程式化。

"上场舞刀弄枪,张口咬文嚼字。""台上笑台下笑台上台下笑惹笑,看古人看今人看古看今人看人。"戏台子在夜晚逗历史开心,明明是假的,可生活就是偏偏喜欢"假",不管理由是什么,"假"让人联想到掩饰技巧的日臻成熟。

戏剧是世人唯一用来对抗真实的工具。人的感官和精神之间存在某个桥梁,有时达到神化的程度,并暗含了江山的分离和愈合。

中国,有多少个村庄就有多少个戏台。

秋罢,粮食丰收了,一台戏水到渠成,台下那些脸庞的隐现,台上锣鼓家什猛一响,台下黑乎乎清一色核桃皮般的脸上,会漾开一片十八岁春光。

人畏神,神不言

戏台,是一个村庄最重要的场所,在寺庙里,在村子里,很显赫地坐在视觉的高处,与四周简陋的房屋形成鲜明对比,是与日常重复的劳动生活划开的区域,有许多激动人心的时光。

纵观戏曲的发展史,戏台总是与戏曲的产生和发展同步。

戏曲萌生的北宋之前,尚为歌舞伎乐表演,这种表演只是划一块地方,晋东南人叫"打地圪圈"。

摞地为场,有天性活跃的人在场地中央手舞足蹈。后来出现了露台,把艺人抬高。有史料记载,这种舞台始于汉,普及于宋,到十一世纪的北宋中叶,在北方农村的庙宇内开始出现了专供乐伎与供奉之用的建筑——舞亭。

舞亭的消失与舞台的出现有关,大众化给戏曲艺术走向成熟提供了适宜的土壤。

一天中最值得记忆的时候是从早晨开始的。

一年中最值得记忆的喜庆是从秋收后的锣鼓家什开始的。

中国是世界上造神最多的国家,有伏羲、女娲、炎帝、舜帝、汤王、关帝、城隍、玉皇等诸多国家级本庙,更有二仙、崔府君、马仙姑、张宗祠等诸多地域庙宇。

人敬畏神，神不言而恒永。

一座戏台的出现可以让村庄的天空改变颜色，连贫穷也像绸缎一样富足无比。

戏台是村庄伸出的手臂，向神表示敬意，是人借着神对自己的暧昧。倘若村庄里没有戏台，"不唯戏无以演，神无以奉，为一村之羞也"。凡是村庄的神庙必有戏台，甚至戏台都能与庙宇的主殿相媲美。戏台是主庙之后最华丽的建筑。

我始终不能忘记，阳光总是很妖艳地照在戏台上。历史被搁置高处，村人开始娱乐历史，享乐历史。于是就有各路英雄死在戏台上，死在锣鼓家什里。坐看他们的人生曲曲折折，既熟悉又陌生，说着笑着戏台上的人一生都下的是啥力气，过的是啥日子，心里受的是啥委屈，担的是啥惊慌。

演的人疯了，看的人傻了。当热闹、张扬、放肆、喧哗，牢牢地挂在台上台下人的脸上时，神这时候也变得人性化了。神明白自己是人世间最人性的神，是人在操控着神的心力。

山里人对戏台真是太热爱，他们把唱戏看作村庄的脸面，村庄的荣光。一年能开上两台戏，村庄里的人外出走动都得挺起胸脯仰着脸。

戏台，拢着几千年中国的影子。

从前的四方步，伴着梆子板眼敲打的节奏，彩面妆穿行在写

5

实与象征的两重世界。人生如果是一场梦，演员演到极致便回到了自己的前世，前世演过跌宕起伏的大戏，今生却不知依旧还是戏在演绎自己。

人不知舞台上萧何月下追韩信为何要义无反顾。为何？刘邦说："母死不能葬，乃无能也；寄居亭长，乞食漂母，乃无耻也；受胯下辱，一市皆笑，乃无勇也；仕楚三年，官止执戟，乃无用也！"有谁知？追来的人到最后落下一段唱：

> 到如今一统山河富贵安享，
>
> 人头会，把我诓，
>
> 前功尽弃被困在未央。
>
> 为国家我也曾东杀西挡，
>
> 这才是敌国破谋臣亡，
>
> 狡兔死走狗烹，
>
> 飞鸟尽矣良弓藏！

人生苦哇！若干年后，江苏淮安推出"漂母杯"文化大奖，如若不是韩信，谁能知道那个无名氏"漂母"？

天下事，"演朝野奇闻兴废输赢可鉴，唱古今人物是非曲直当资"。

山西省万荣县孤山脚下有一块北宋石碑，碑上记录着民间集资建造的最早中国戏曲舞台。北宋叫"舞亭""乐楼"，在大都市汴京还被称作"勾栏""瓦舍""乐棚"。

山西翼城也有两座元代戏台,戏台上唱不尽晋国历史的喜怒哀乐。

中国现存的十二座元代戏台都在山西,其中临汾市有五座,两座在翼城。翼城现存的元明清戏台就有六十五座,堪称文化中心;山西古戏台号称中国古建、北方戏曲的"活历史"。

乔泽庙戏台是为祭祀晋国大夫栾成而建。春秋时曲沃伐翼,栾成战败被俘,铁骨铮铮,宁死不屈,后追授将军,宋代敕封水神乔泽。先有乔泽后有舞楼,前瞻栾成大义凛然,后续戏台源远流长。

宋金时期,除了专门用于神仙仪典的祭台和献台以外,普遍出现了专门用于乐舞戏曲表演的乐台、舞亭和戏楼。殿前的广场上,设置两座露天的方台,一座是摆设供品的献台,一座是用于乐舞戏曲表演的露台。在露天舞台上表演乐舞的戏曲演员叫作"露台弟子"。

露台的分离意味着乐舞演出与食品供奉的分工,乐舞百戏表演作为精神文化需要在庙会中越来越显得重要。金元之交,戏曲在乐舞百戏的摇篮里脱颖而出。庙会期间,除了社火以外,人们更喜欢雇请专业的戏班。露台和舞亭逐渐演变为殿阁的形式,戏楼和神庙之间又留出了开阔的观众场地。

自从杂剧出现之后,戏楼跟戏曲之间有一个互相适应、互相磨合的过程。从古戏台的形式上看,有歇山顶,有单檐歇山顶,还有重檐歇山顶和十字歇山顶。特别是金元戏台,作为建筑的一种遗存,古戏楼本身除了演戏之外,又是一件综合的艺术品,装饰上雕梁画栋,琉璃、砖雕、木雕,还有石雕镶嵌的戏楼。

"六七步九州四海,三五人万马千军。"四个龙套,一个主将,舞台上转一圈,从长安一下就北上出了雁门关外。

到宋金元时期,从"惟有露台阙焉"、"既有舞基,自来不曾兴盖"等神庙碑文所记来看,露台或舞亭已经成为当时许多神庙必备的建筑之一。戏台在神庙的不断扩建中一点一点消失,消失在人的欲望扩张下。

清代,戏台最活跃的是春秋二祭,即春种时祷告许愿,祈神降雨,盼望春耕顺利;秋祭时杀猪献五谷,请戏班子唱大戏。

神庙大都坐北朝南,正中间叫正殿,正殿代表着一个礼的概念,要在此举行仪式;对面的戏台,则代表着乐的概念。古老的礼乐,礼以兴之,乐以成之。礼乐不是一种技艺,不是任何训练,而是一切,是一个人从生到死与自己苦难相关的敬畏。

走上戏台,我惊讶地发现,一些恍若锣鼓的家什,一派高亢的梆子腔,都被封在戏台的木板和廊柱的木纹里了,一起风,咿咿呀呀似有回放……

8

移民也移"剧"

出门人成了外乡人。

山西历史上有过六次大移民。据史载,明初从山西迁民,不管老百姓的家在何府何州何县,都要先集中到洪洞县广济寺。明政府在广济寺为移民登记,"发给凭照、川资",而后再由此处编队迁送。

生存是漂浮在水上的一块薄冰,据说当时是按照"四家之口留一、六家之口留二、八家之口留三"的比例从山西向全国各地迁移。此时的离家,一切障碍物荡然无存,悲剧不仅仅在于它的结果,还在于它的过程,远方锯齿一样钝割着离乡人的心。

当时,负责迁移的官员下令:"如在限定时日内抵大槐树下报备,可以不迁。若未到者,全部迁移。"立时,各地百姓携家带口齐聚大槐树下,却被官兵绳索捆缚,串连起来后强行迁移了。渐行渐远,只看见冬日广济寺前"树身数围,荫遮数亩"的大槐树上,错落其间的一个个老鸹窝。"问我故乡在何处,山西洪洞大槐树。祖先故居叫什么? 大槐树下老鸹窝。"没有在既定日期抵达洪洞的,得知这一消息后奔走相告:"去了洪洞就被骗,好人不在洪洞县!"

看戏的人一定记得《苏三起解》,"起解"也就是押解的意思。

明代小说家冯梦龙据此写的《玉堂春落难逢夫》,收入《警世通言》,流传后世。不过,戏曲和小说中都会是正能量,让冤情得到昭雪。

这出戏很经典,三堂会审,风趣幽默,常使人会心一笑。剧中苏三受审那场戏中,潘必正问:"鸨儿买你七岁,你在院里住了几载?"苏三答:"老爷,院中住了九春。"又问:"七九一十六岁,可以开得怀了。头一个开怀的是哪一个?"苏三答:"是那王……啊郎……"

苏三那兰花指一翘,那些花荫月影下,照他孤零,照奴孤零,轻弹浅唱出奴给你的温柔就全部洇出来了。

离乡人那此起彼伏的心情,为了破除苦难,娱乐吧。大概真是上天之旨,无论人情还是地理,一方人又养了一方水土。

移民不惮万里跋涉、离乡背井、身处异地,面对与出生地区迥异的方言、风俗习惯,在精神上急需一种文化的归属感和认同感。

"家乡戏"作为当时非常重要的一种文化娱乐活动,自然也被带到了迁徙地。如蒲州梆子在明成化年间流播到河南卢氏县。《卢氏民俗志》在记载境内居民来源时写道:"历代兵乱之后,直接或者间接迁来的移民后代,如元、明来自山西洪洞的,有口皆碑;历代工商业和手工业者,从四面八方流入的……"

"黄河水绕着准格尔流,她是蒙汉人民的结亲酒;草原上挑马一搭搭高,蒙汉人民最相好。"在"中国民间艺术(漫瀚调)之乡"

准格尔旗,不分城镇、乡村,本地人几乎个个能放开嗓子唱上几句。清嘉庆、道光时期一度实行"借地养民"政策,使大量汉族移民流入准格尔旗,形成了蒙汉杂居、农牧兼营的局面。移入汉民不但开拓了农业经济,同时也促进了蒙汉之间的艺术交流,准格尔旗的"漫瀚调"便由此而产生。

阴山南麓的呼和浩特市土默特左旗,地处农牧交错地带,"走西口"增进了中原腹地与北方草原的文化交流,曾流行于山西等地的二人台在这里扎根、成长。

取自民间的说唱艺术,同样遵循艺术自身的发展规律。大多数人,即通常所说的老百姓,作为创作的主体和接受的主体,他们在一个历史阶段的社会行为和审美取向,直接决定了戏剧的存亡和发展。

社会的不安定,成为戏剧得以在夹缝中成长的机遇。

"音随地改",外乡人生根落地,随着日子流逝,逐步形成了具有地方韵味的杂交戏剧。

移民中不仅是普通老百姓,更多的是工商业和手工业者。一旦站稳脚跟,有钱人便开始修建家乡会馆。会馆是寓居一地同籍人士的汇聚之所,是同乡人复制乡井氛围的一种组织。会馆主要有行业会馆和移民会馆两大类。对于一般移民来说,移民会馆是他们联络乡谊、共祀乡土的神灵和乡贤、从事娱乐活动的重要场所。会馆重要的文化活动就是唱戏。

星光与夜鸟的鸣唱在彼此胸腔汹涌。那时间，出门人觉得大地上的声音开始乱了，听着乡音，看着乡戏，望着老树横杈上落着一层来看戏的乌鸦，那眼泪是一次一次滴落在胸口。

最旧的故事打动最新的人

小时候，家里喂养了一头母猪，生了一窝小猪，不知何故母猪不愿意喂猪娃子奶。我爸用自己做下的二胡在猪圈墙上荒腔走板边拉边唱，地上站着黄狗，弦乐扯开，黄狗竖起脖子挣直嗓子叫，依旧不能发出正经音调。我爸拉了一段梆子戏哭腔，并配了唱，那声音灌满了整个村庄，悲凉、凄苦、不舍、求饶。

> 想当年那辽邦设下虎口，
>
> 你弟兄去赴会大战幽州。
>
> 你兄长一个个命丧敌手，
>
> 不成功已成仁壮烈千秋。
>
> 唯有你小畜生投降萧后，
>
> 配了她桃花女得意悠悠。
>
> …………

我爸捏着嗓子唱完收住琴弓，发现母猪主动靠墙躺下，叫猪娃子吃奶了。

人养一个定乾坤，猪养一窝拱墙根。猪是最没出息的家畜，也懂得人间悲凉。父亲认定是自己唱出了戏剧的特质，并因此感动了母猪。

母亲认为，母猪与其听父亲尖声浪气唱，不如喂猪娃子奶。最狠的打击莫过如此。

那时的我还未曾开蒙，受炕围画的熏陶，也知道几出老戏，比如《桃园结义》《三顾茅庐》《苏武牧羊》《梁山伯与祝英台》。窑炕上因了炕墙画，有一股心境说不出的勃勃生机。

在乡间，会画炕墙画的油匠很吃香，谁家没有两铺炕呢。炕墙画的艺术形式，是壁画、建筑彩绘、年画的复合体。躺在炕上脸朝炕墙，看那月光下的美好，常常会觉得自己要融化进戏里了，整个夜晚的世界会在入睡前忘记贫穷。

上世纪90年代末期，我有过一本画册《传统戏剧故事人物画》，是用于画炕围画的。其中有一张画的是苏武牧羊图。画中的苏武满脸愁苦，站在贝加尔湖边，向南而望。飞雪如鹅毛般飞舞，寒气如命运中戕害他的利刃正威逼而来。浓墨重彩下有字写在画的左上方："塞外牧羊十九年，汉朝苏武大英贤，不服番邦总归汉，功臣阁上姓名传。"长髯、节杖，以及他单薄的黑色斗篷，这些都让我看到了一个汉使的忠贞和尊严。

能够演好苏武的演员不多，演员不仅靠的是韧长有力、极富感染力的唱功，还要有一股子文学情怀。

我们这个民族，在国难当头或国民精神萎蘼时，总有文化人

13

要以戏曲舞台上的人物作为对象,寓教于乐,从而传递出民族的精神高度。苏武活在孤独和希望中,对忠贞不贰的价值捍卫,艰难到了自己来证明自己的地步。

拿最旧的故事打动最新的人,一直是戏曲的真谛。

历史是不可改造的,唯一敢改造历史的是戏。

十九年,时间是可怕的,死亡的气息离苏武那么近。这不是他最怕的,最怕的是他精神上的孤独和骄傲,使他无法和这个世界交流。整个时代他都找不到值得对话的人。

历史上的乱世英雄,都是来历不明的飞贼,都是由戏剧演绎出来的。

《林冲夜奔》一出戏养活了多少后来人。林冲身为"八十万禁军教头",一夜之间被高俅以莫须有的罪名,褫夺了一切——功名利禄,妻子家庭;不仅变成了赤贫的无产者,而且被脊杖、枷钉、刺颊,流放两千里外的沧州,看守大军的草料场。

昔为天上,今入炼狱,前后反差之大,想必林冲感慨切肤。但是即使如此,林冲也并没有"反"的愿望,而是安于命运,只求存活。直到陆虞候等人要害他性命,林冲才奋起反抗,杀人逃亡,最终被"逼上梁山"。

戏剧总是叫一个人的命运雪上加霜。如果没有风雪,茅草屋就不会倒塌,林冲也就不会上山神庙,就不会遇到陆谦,就不会知道他们的阴谋。

林冲说："千里投名，万里投生。"

《两狼山》是杨家戏。由杨家衍生出来的戏很多。杨家的男子、女子，就连风烛残年的佘太君最后都要向她的国家交还一把骨头，有大国子民的气魄。

杨家戏在舞台上所用道具最多的是马鞭。马上马下，奔波于疆场要依靠的是他们坐下强悍的马匹。马是龙的近亲，工业文明没有到来之前，农耕文明推动的战争，良马可以使萎靡的军队振作起来。

我的一位本家爷爷喜欢唱戏，也算民间把式，唱《两狼山》里的杨继业，唱到苏武庙碰碑那场戏，台上台下遍地哭声。盖世英豪，撩起征袍遮面，一头向李陵碑碰去！叹坏苏武，愧煞李陵。苍天啊，泪雨漾漾，洒向人间都是怨！

我的本家奶奶，性子滚烫，地里做工不输男人，搂茬割麦，打场，没有人敢把她看作一个女子；家里也是一把好手，做黄豆酱，腌萝卜芥菜，稍带做醋，日常生活拿得起。她还要赶会，看丈夫唱戏。有一年在台下看到丈夫"碰碑而死"，她手托小腰，一步三晃，走上舞台，递给丈夫一罐头瓶胖大海泡开的水要他喝，台下不禁笑场。

人间纷扰，形形色色的诱惑比仙界多得多，白蛇变化成白娘子下凡来了，想过人间的日子。《白蛇传》是佛与俗之间展开的内心搏斗和尖锐的世俗交锋。人生会有这样的世俗情景，它需要某个人成全某件事,假如没有法海,一本戏就泄了;假如没有许仙左右摇摆的性情,两个人的爱情则无戏可演。"断桥"是《白蛇传》里的重要背景,背景对于剧情有非常重要的凝神作用,极大地形成了故事的向心力,并告诉我们爱情是在雨中诞生的。一把伞是道具。

戏剧就是这样,在熟识的世界里尽量叫你感觉陌生化。

我们这个民族是喜红的,比如国画里的桃子、牡丹都是很生动的色彩,很民间。我赏读它们时会心生一份稚童的眼光,觉得世俗是喜人的;又想到舞台,艳若桃花,满台都是锦绣。

舞台上大富大贵之人都是黄袍加身。黄袍成为皇宫颜色的专利,似乎是汉武帝太初元年的事,用"五德""以土代水"说,宫服才有尚黄之举。"天子常服黄袍,遂禁士庶不得服"。

想起春天便想起桃花挑开的月色,一壶热茶退隐到呼应的气息之后,一群女子搂腰搭背吆喝着看戏去。

春暖花开了,我要看戏去,戏剧里生动的色彩,让我眼睁睁地醉下去,醉在快要被人遗忘的戏曲里,到最后遗忘了自己,才叫个好!

一台戏拢住了人气

"春祈秋报",是远古先民留下的对土地神灵的崇拜。

16

山西上党，民俗文化历史悠久，至今保留了许多悠久的民俗事项与活动。比如迎神赛社。

迎神赛社源于周代十二月的腊祭。人们在农事结束后，陈列酒食，祭祀田神，并相互饮酒作乐，称为"赛社"。每逢大赛，要有主礼、乐户、厨师参加。民间流传有"大赛赛三行，王八厨子鬼阴阳"之语。这里"王八"是指参加演出仪式的乐户，乐户在旧社会属于贱民，这个称呼体现了其地位的低下；"厨子"就是厨师，仪式上奉神的供品都要由他们来操作；"鬼阴阳"则是指仪式上的主礼。

那些赛戏的日子，不仅萦绕禽畜鼎沸，更是全村人脚步繁忙的往返。一台戏把血和肉粘连在躯干上，把外出的脚步声拽了回来。

赛戏开始，台上关公手举大刀追杀华雄，从戏台上踩着锣鼓点一鼓作气追到台下，在观看的人群中穿梭。那时节，胸前挂着鼓、臂弯上挂着锣的乐队跟着他们，有一下没一下地敲打着。关公与华雄绕场子边打边跑，一时又跑到了场子外的街道上。鸡们狗们家畜们被惊扰，老者站在村边的路沿上，下巴一翘一翘的，嘴张着笑不出声来，笑在肚子里乱窜。

一群娃娃跟在后头，跑上村街，关公和华雄沿途随意抓取摊贩卖的吃食，边吃边打，并不觉得寒风都是冰凉刺骨，亦有千姿百态。打一阵子，摊主笑逐颜开地再一次扔给他们吃食。舍得，是福报是大吉大利。

一群娃娃横晃着膀子钻到演员跟前，两张挂了油彩的脸齐齐对着娃娃们扮鬼脸，娃娃们一下子呼呼四散。敞亮的空地上，把历史演得跟玩儿似的轻松。

敲锣的敲鼓的，不时吼一声，此时打斗到了戏台下。演出快要结束时，跑得满头冒汗的关公和华雄重新登上戏台，关公大刀挥舞，斩下华雄首级。

民间剧团就像一个走街串巷的流动表演群体。演员与观众融为一体，演出气氛高潮迭起。表演者和观看者相互追逐，村子有多大，戏台就有多大。

历史给戏剧最重要的一点是戏说。

民间奔田地、奔日月、奔前程的普通人，能知道多少历史中人物与事件的真相？看戏看热闹。热闹中那些想象，闭眼、睁眼、醒着、梦着，黄尘覆盖的村口大道上，一出戏明晃晃地亮过来，历史中的真真假假对后来人没啥坏处，那就娱乐吧！涂脂抹粉，更换各种鲜亮的戏装，放开喉咙歌唱和扭动肢体耍弄，民间没有严肃——严肃在简单的民间是犯忌的。

谁见过这样的演出！无论过去还是现在，走至村口的人都要愣愣，站站，步子里显出几分怀念。盼一场戏开始，不光是人，鸡呀狗呀的都盼。

乡村的戏台经历了完整的嬗变过程，它是热闹的中心，于平淡与平常之中系着撕心裂胆、揪肠挂肚的乡情。

要说什么地方最能体现乡村的味道,肯定是戏台。

只要唱戏了,生活就进入了最饱满最疯癫的时刻。很多人平常想不起来,在你就要忘掉的时候,一转身却和他在戏台下碰见了。

天涯海角走远的家乡人,到了过会的节点上,再忙也要找一个借口,回乡看戏去。

回乡看戏,啥时候念念着了,心吊在腔子里都会咣咣响。

戏台除了演绎历史,戏剧脸谱也好看,来源于生活,也是生活的概括。生活中晒得漆黑、吓得煞白、臊得通红、病得焦黄的人脸,在戏剧中勾勒、放大、夸张,便成了戏剧的脸谱。关羽的丹凤眼卧蚕眉,张飞的豹头环眼,赵匡胤的面如重枣,媒婆嘴角那一颗超级大瘊子,等等,夸张着我们的趣味。

不管怎么说,历史都是一张面具。戴着面具离审美才会很近。

从前的舞台上没有麦克风,声音不装饰,将自身作为人物的一部分,尽量让乐曲从人烟当中响起,那热闹糟乱到极致。现在不是了,变幻多端的灯光让戏剧花里胡哨。

记得有一年麦黄时节,山外我姑姑家的女儿爱苗进山来看我,适逢我家窑里新画炕墙画。小小的一方炕上有着历史的血缘,是历史的基因留下的印迹,民间手艺人用自己的方法描绘出来。我看到的画中人，永远没有微笑，看不到他们的内心，但可以感觉到他们的忧伤。

国恨家仇，传达着一份无可言说的神秘力量。

我和爱苗胳膊上挂了丝巾当水袖，两个人在炕上对唱《断桥》。小奶奶坐在对面咧开嘴笑，细碎的阳光紧贴在她的头发上闪着光辉，她的眼神随着我们的表演湿润。

人这一辈子有多少人事可以入了戏？戏剧人生，人生戏剧，它就埋伏在村庄那头，随时可能扑向我们。

生活需要戏剧化，只有等到合适的时机，普通人事才可获得再生，生活背后的苦难才会获得新生。

戏是共同记忆的符号，那样的时分下，我是西湖中的一条白蛇，爱苗是西湖中的一条青蛇，我们把小爷爷的炕当了舞台，观众是我们的小奶奶。我们不正经的表演，不可避免地成了小奶奶的快乐。

我们没有许仙。小爷爷拍打着尘土进窑的那一瞬间，哈呀，许仙来了。我一定要小爷爷喊我一声"娘子"，小爷爷不叫，小奶奶捂着嘴笑。生活是生活，戏是戏，朴素的小爷爷是真不会也不敢说戏话。

一场庙会结束后，冬天真正开始了。村庄成了麻雀的世界，它们把饥饿和焦躁嚷嚷得满世界都知道。冬天里的乡村就像黑白电影，而在生活中交谈的人们，无异于在重复从前的每一个冬天,他们抑制着自己的情绪,在黑白世界里想着明年春来第一场戏。

女人们冬天里看不得男人闲着,便在日子里施给他们一些小惩罚,女人们总喜欢制造一些细碎的争吵打闹,喜欢在冬天里交出眼眶中的泪水。

旺盛的日子,一天胜似一天,一直到入了腊月。腊月里少有消停,杀猪、宰羊、磨豆腐、买新衣裳,家家忙乱得很,一个最大的节日在等着,那是一个样样儿不能耽搁下的好日子——年。

我反复回忆那个冬天的夜晚,我是那个冬天里舞台上的一枚花旦,甩着长长的水袖,为我的故乡唱戏。

我站在现代文明的中央,四围尽是塌落的旧砖瓦,风物已是比不得昨日,上下八方,村庄都少了人烟,谁还记得老庙内的从前? 一声老腔,突然在一个什么地方响起,如同放逐的囚徒——咿呀! 丝丝寒凉,余音袅袅,拖曳得很长,很长。

一台戏或许让村庄在大地上缓过身子来,然而,我还是听见了秋虫干死的爆裂声,人声居然捂不住虫鸣。戏台上凝聚的光与色,在释放与渲染中似乎是记忆的显影,那些人老得真快啊,没有秩序地老去,卑微地老去,戏也叫不醒他们脸上的春天。

长袖曼舞的时光

三十年前的一个秋天,我十六岁,在街角的一个不显眼处,守望一个人。

街上行人匆匆,逆着下午的阳光,我突然就有了一种孤独的感觉。

目及之处——县人民礼堂,我看到了他。他用手撕扯着所有进去听下午戏的门票。我肯定这不是在制造一种戏剧效果,因为,这是我的初恋。

我站在那个抬头正好目视他的地方,心想,该找一个机会和他主动说句话。甜蜜的欲望扩张着,"想说句话"似乎一天天在接近,眼睛里吸收的全是说话时的场景,然而那句话就这样在梦想中一天天弱了。这种焦渴让我在这样的时空界限里等待了一年,一年都没有找下个机会。我发现人家从来就不正眼看我,我一厢情愿买了当时属于贵族用品的文学杂志,在每一本杂志封面左下角写下我名字拼音的第一个字母，我委托别人送给他并要求不说是我送的。我多么希望他能直勾勾看到并引起注意，然后某一天朝着我笑一下。想到这里我眼眶里的泪水就满了，稍动一下心事泪就溢了。

我站在傍晚的街角，目光被一次次弹回来，孤独的影踪袭击了我，看不见一个微笑甩给我，我全部意义就因时间的提示愈加无奈了。

事实上，是我自己在单恋。

1986年冬日，我坐火车去长春拍一部戏曲电影。在卧铺车的上铺，夜里兴奋得睡不着，看火车在静谧的华北平原上穿行，想《日瓦戈医生》中的日瓦戈，也曾这样躺去去莫斯科的火车上，从格子里看雪花飘飞的苦难的俄罗斯，响起那刻意把政治浪漫化的旋律。文学的本质就是对现实的审美化的否定与超越，书中四十五年的俄罗斯历史在黎明冉冉而起时让我激动。

在火车上，一切仿佛是从一条道路到一条河流，当我清醒地意识到自己存在并加以关注时，我想到我的命运还有我的初恋。"执子之手，与子偕老"，早已经远我而去，想想看，我竟不曾与他说过一句话，永远看到的是拧着的眉，看人时从不多一点洞透，略微一扫，只记得他大声吼过："你们这一群唱戏的！"

我们这一群唱戏的，与现代生活截然相反的单调枯燥，却给我回味，那就是历史以三五人的表演而延续着朝代更迭。历史很像是一幅图画里可以走来走去的部分,唱戏的虽不足解释整个生活的道理,却能让你读出近乎绝情的哀恸。

他认为我们是一群有失正统的唱戏人。我对自己说,淑女本来就不是那么容易扮的,我就是个唱戏的。唱戏的在舞台上向人们展示的都是帝王家的高尚趣味,于历史中超越历史,有意中归于无意,使留下来的东西更接近快乐。唱戏的有什么不好吗?书本之外进入历史的又一途径,叙述和逸事,动感和细节,情态和心性,人物图谱和生活景象,姬妾制度之外的浪漫爱情,瞬息即逝的爱恨情仇,让民间很简单就明白了富贵不长久、善恶有报应的道理,对历史的解读更快捷方便。这么多的好处,若唱戏的不可爱就没有可爱之人了。

唯一不理想的是,我不是一个好的唱戏把式。从开始唱戏到结束舞台生涯,我始终在跑龙套,有时候是衙役,有时候是丫鬟,只一次替 A 角演员演过一回《杨门女将》里的杨排风,一句起腔唱走调了,台下观众起哄,台上演员另眼相看,人一下寂寞得恨不能钻进布景后再不出来。

那年月,舞台是乡村唯一的活动场所,赶庙会唱大戏,舞台上甚至可以看见牵骡牵马的人。我是舞台上的闲人,看台下的人张着嘴欢喜,逆光的轮廓,炙热的夕阳把他们仰着的脑瓜盖晒得滚烫。每个人都长得不一样,他们在节奏急欢的乐曲中喘着粗气,担心着台上剧情的发展,虽然已经看过好几遍了,但是,他们还是要担心。

我开始想那个人，找不出原因，为什么他不喜欢唱戏的？一个穿着宽松半袖的女人怀里奶着娃，她不时地抬头、低头，上下撕扯着的嘴唇，一缕鼻息吹动着她额前的刘海。两个老汉戴着破旧草帽，个子高一点的抽烟，一边抽一边咳嗽，个子矮一点的歪着脖子看戏。他们俩的旁边有一个汉子，不时地摸一下旁边女人的手，女人的旁边是一个中年女人，实在看不下去时就插在了他俩中间，汉子很没趣。

人生如戏，我站在台上看风景，我想起我的三爷，一个朴实的农民，在这样的傍晚他一定还在地中央，他关心山外的事，关心当下社会。我回乡看望他，他叫我给他唱戏，我下了功夫唱，野田野地，日头下滑的傍晚，三爷也是这样张着嘴听，我演了回主角。三爷家的狗，举起了它的后腿，尿的温度在晚霞中升腾。我开始哭。三爷说，哭啥？我说，不哭啥。

我一直在想那个人。

我还记得《天波楼》中杨六郎的唱段：

> 手扯手叫老娘，
>
> 孩儿有话对你讲。
>
> 我杨家四代忠良将，
>
> 赤心耿耿保宋王。
>
> 我大哥幽州替主死，

二哥短剑一命亡。

三哥马踏淤泥死，

四哥失落在番邦。

五哥削发为和尚，

镇守三关俺六郎。

…………

常听到激动处泪下，一个家庭为国家就这么支离破碎了。

因为一句起腔走调，我被人起了外号"凉调把式"。这样一个外号笼罩在我的周围，我便明白，我一生要支付给命运的是，我得永远勾着头走路，再不可能找到一个唱主演的恋人，连礼堂收门票的都瞧不起我。我想和人家恋爱的目的不敢和任何人讲，不敢张嘴。我哀巴巴等待那个收门票的给我一个正脸，可他的脸，总是看到我们进进出出时而扭向另一个方向。我看那个方向什么都没有，有时候是一阵风卷起了一阵沙土，有时候是几片落叶。我好不忍心把目光收回来，我的目光收回来时犹如我曲折的人生，有所怨悔，是因为学了唱戏。

我现在想说的是，我不唱戏了，唱来唱去，只演了一个被陈世美抛弃的秦香莲的女儿，可怜兮兮一声声呼唤，如秦女士的两只水袖，拂来拂去，没有台词，没有唱，舞弄着戏台上生活和爱情的继续。

记得有一年在长春拍戏曲片《斩花堂》，我给他写过一封信。

26

那是去伪皇宫回来,我为皇族社会最后一位皇后婉容心痛。郭布罗家族和爱新觉罗家族攀上了亲,做了一个退位皇帝的皇后,宣统只是一个空洞的尊号,给这样一个皇帝做皇后有多么尴尬苟且。她的初恋隐含着常人无法企及的意味,她最后疯死在延吉。那是一个看上去瘦弱的皇后,她的眼神挣扎,无光,日子一点一点偷走她脸上的鲜艳,没有爱情,没有自由,她依依不舍地活着。

我要选择我的爱情,我不想和一个我不爱的人在一起,更不能用我的身体去温暖一个我不爱的人。虽然说单恋不算数,这一刻,我感到我对他的深深眷恋,我梦想我有列车的速度,不对,有北风肆虐的速度,我要向他表白!

我在信上说,短的是初恋,长的是婚姻。婚姻是无法跨越的,因为我不能跨越初恋。我告诉他,我来长春是拍电影的。那是一个电影演员吃香的时代,我做了电影演员,不唱戏了,命运将我如一片旷野打开了四季的画面,我要见风生风,见雨生雨,我的命运里你的出现将要锦绣无边了。

一支蜡烛陪伴我度过一个别样的夜晚,东方吐鱼肚白的时候,我一下子明白了,我拍电影拍的是戏曲片,我依旧是演一个丫鬟,在人家心里,玉米在抽穗,泥土在喝水,我依然是个唱戏的。恐惧一下子压得我喘不上气来,我木然等待天亮,早晨的清冽让我周身发僵,我想大声唱戏——我一定唱了,唱得软弱而冰凉,我的声音像鬼火一样,没有意识,没有方向。我在清唱中身体温度慢慢升高,没有了念想,甚至思维也断断续续,我睡过去。两天后醒来,我才知道我病了。

　　长春之后,我写过第二封信。那是在五台山。那里有女孩十五六岁因恋爱不如意或别的原因而出家。人在剃度受戒之前是"在家",而经过这道仪式之后,就算是出家了。有一女尼曾对我说,没有家,这里是我修行的地方。一句让我没有得到一点安慰的话。在信中我表达了自己一个绵长未了的心意,我说,你就是我未来的家,你具备了家的特质,你让我心向往之。封住信口的刹那,我的脸上悬着笑容,我往邮局的路上,不禁唱着《三关排宴》里的唱词:

　　　　十余年来事敌寇,

　　　　直到今日不肯休。

　　　　还将银宗称母后,

　　　　老身叫你懒回头。

　　　　畜生你算杨门后,

　　　　你教杨家羞不羞?

　　　　得新窝忘故主不如猪狗,

　　　　还妄想返辽邦与虎为俦。

　　　　我大宋锦江山天阔地厚,

　　　　也无处容你这无耻下流。

　　　　…………

唱到此处我一下警醒了，人家压根儿就不喜欢我，我压根儿就是一唱戏的，虽然唱不了戏，唱不好戏，出身在那里摆着，是更改不了"唱戏"户籍的。

我做了个云手，两封信一起撕成碎片，如飞扬蝴蝶一样飞向了垃圾桶。

1997年夏，我在北京和一位蒙古族女人秀琴，在电影院看弗郎西丝卡和罗伯特·金凯的爱情故事。当时，有一些南方同学很不屑于《廊桥遗梦》的演绎，他们甚至无法相信，一个人怎么能用四十年的时间，去守候、去思恋、去执着一种仅存活了四天的爱情。秀琴说，恋爱是人类永生的困扰，世界上如果真有爱情，譬如说被我们弄得没了心情，那就是失恋。秀琴说，人生目的太多，真爱定有。南蛮子的视觉之上，寸草不生。弗郎西丝卡和罗伯特·金凯，那是一种得到之后才找到的自己从前不知的遗憾和此刻的觉醒，用一生去守候。我和秀琴说起我的初恋。秀琴说，能解读你那站着守望的形象与姿势。初恋是没有实现的心愿，也是平庸中祈望的奇迹，因此美丽。秀琴说，美丽的初恋让你站成一种永远等待的守候。秀琴又说，如若不是戏曲，你不会有如此好身段、好眼神，因为戏曲，你便有了抓住爱情的好手段。

可我的好手段始终没有被我爱的人发觉。

想想人的一生，将会有多少东西遗失在路上？这是绝对的必然。我们无意抛弃人美好的一切，我们行走在生命途中，有一天会因心灵负载很重时,拾起被遗忘了的美好,感受着已往远去了的情调。

我现在已经是一个孩子的母亲,自然也就是一个男人的妻子了。我们常坐在沙发上说起往事。他说他曾经有过初恋,只是记不起对哪个女子有爱产生。那么说,初恋只能是一个过程,没有结果了,但绝不可能没有记忆。他一定对我说了谎。

这时,电视上播放着香港武打片《东邪西毒》。

他说,你当初为什么不直接求爱? 我说,因为我是唱戏的。

他说,职业是问题,也不是问题,要看对方的素质。

他的意思,是他的素质高过了我初恋的那个人,并不是因为职业不是问题的结果。

这时,电视上的东邪正带来一坛新酒,送给西毒。一坛酒,一世人,就只为了一个女人桃花。

"我曾经听人说过,当你不可以再拥有的时候,你唯一可以做的,就是让自己不要忘记。不久前,我遇上一个人,送给我一坛酒,她说那叫'醉生梦死',喝了之后,可以叫你忘掉以前做过的任何事。"我很奇怪,为什么会有这样的酒。她说人最大的烦恼,就是记性太好,如果什么都可以忘掉,以后的每一天将会是一个新的开始,那你说这有多开心。

一个醉汉歪歪斜斜地站起身,头与肩始终亲密地连在一起,一个用孤独抵达爱情的人,什么都扯不断他寂寞而又仇恨的旅行。"从小我就懂得保护自己,我知道要想不被人拒绝,最好的办法就是先拒绝别人。"当手捏桃花的张曼玉,倚在夕照脉脉水悠悠的小轩窗前,肠断白苹洲时,结局自然明白。导演王家卫总是那样年轻而激情,他的电影跳出一些叫人心动的句子。心动的东西都酸心,我看着看着就想流泪,这么多年过去了,"知不知道饮酒和饮水有什么区别? 酒越饮越暖,水越喝越寒"。

是我丈夫的这个人突然站起来说:"我对你感兴趣的唯一一点是,你唱过戏,唱过戏还这么真实。"

初恋给我无尽的联想,我真切地感到了它的存在。从恋爱的第一页到婚姻的最后,一切都是完全的真实。它牵动着我的想象,让我相信世界上不仅存在着精神与念想,同时还有守候。我能够守候这些美好的事物,在生存的距离里与自然更为亲近,是因为我曾经学过的戏曲,它告诉了我太认真的事都该由唱腔中的"咦、呀、呼、哪、咳、哎"这些虚字、衬字带过,这样,唱腔才能优美,人生才好舒展明朗。

罢罢罢,"十余载皇驸马南柯一梦,此一番管叫你转眼成空"。这样的日子里,我明白了爱情和职业都是一个人的驿站,经历了才好向大地弥撒!

春天是那样透明,思想在行进中就如水一样四处漫溢,我突然感到了某种温柔的触及。

河流带走与带不走的

蝉鸣柳梢，一条清溪映月，时间似乎抹去了我的现在，我站在山神凹的河边，河里没有了清溪，一河道的羊粪蛋。我问柳树：你在守望什么？时间把你顽固地留守在这里，你的叶片如竹叶，我一直认为你是北方的竹子——北方的，有秋的情绪、夏的纷乱。蝉在许多年前落在你的树枝上，你可知觉？蝉鸣时夏已经深了。

这条河叫蒲沟河，源头应该是山神凹的后沟。山大沟岔多，一条河大都以村庄的前后命名。山神凹流出去两条河，一条蒲沟河，一条枣林河，两河出山入十里河，一路欢腾流往沁水县的固县河，之后由端氏镇入沁河。我在很多年前和我的父亲去后山用筛子捞虾，泉水里长大的虾实在是好吃，一铁锅河虾配山韭菜炒好端到院子里，嘴馋的人哪里等得急拿筷子。一河的泉水，在暧昧的夜色中，河流如同针线一样穿起了我童年的欢乐。

十多年前我的小爷葛启富从山神凹进城来，背了一蛇皮袋子鸡粪,他要我在阳台上种几花盆朝天椒。那一袋子鸡粪随小爷进得屋子里来时,臭也挤进来了。我想我还要不要在阳台上养朝天椒?小爷进门第一句话说:蒲沟河细了,细得河道里长出了狗尿苔。吓我一跳。几辈人指望着喝蒲沟河的水活命,水却断了。小爷说:还好,凹里没人住了,我能活几年?就怕断了的河,把人脉断了。

几年后小爷去世。一场雨过后,我看到院子里用了祖辈的水缸聚集了雨水,秋风起时,还能泛起一轮一轮的涟漪,我的心一下就起了难过。山神凹后来只剩下一户,我喊他"叔"。叔的一只眼睛瞎了。我回乡,坐在他对面的炕上。叔说:我一辈子没有求过你啥事,我这眼睛,去年秋天收罢粮,眼好好的就疼,以为是秋虫招了一下,生疼,慢慢就肿了核桃大,生脓,脓把眼睛糊了。娃领我去长治看病,大夫说是眼癌。我怕是命死眼上了。我说:世上的癌,数眼癌好治,剜了它,有一只眼,你还怕世界装不到你心里?叔说:你说得好容易,我就是想求你保住我的眼。一只眼看路,挑水都磕磕绊绊,一桶水能洒半路。

那时候山神凹没有水了,满河沟的水说没就没了。

后来有了自来水,也是隔山引过来的。可惜这样的日子没有享受多久,叔就入土为安了。山神凹果然断了人脉。野草疯长着,窑顶子塌了窟窿,年轻的一代都迁走了,村庄就像遗失在身后的羊粪蛋,风景依旧,只是少了流动。我在冬日稍显和煦的阳光里,一窑一窑走进去,迎面的是灰塌塌的空。石板地、泥墙和老树,让我得以在一个午后穿过怀想,那时候的窑洞多么年轻,木头梁椽清晰地发出活动筋骨的声音,多么好的村庄,沉静细碎的阳光洒满了每一眼窑洞,多么不寻常啊,那热闹,那生,那死,那再也拽不回来的从前。时间悄然流逝,倏忽间,窑洞成了村庄的遗容。河流,糟糕的水已不知流向了何方。故去的人和事都远去了,远去在消失的时间中。我妒忌这时间,把什么都贪走了,贪得山神凹成了荒山野沟。

河流带走了一切。但只要怀念,我都会感觉山神凹人的眼睛在我的头顶上善意而持续地注视,河流带不走我的童年。在生命的轮回里,日与夜交替形成力量关系,我走着,很长一段时间我走出了山神凹人的视野,忘记了是山神凹的河流养育得我健壮。我在成长的过程中无知觉地背叛了一种美。没有故乡能有我现在吗?没有那一方水土养着,我能把幸福给到我所有的文字?我记得童年的夏天到窑垴上截麦秆,新麦的秸秆好闻,耐得住闻,味也悠长。麦收过后的一段时间,我在谷子地里等谷穗弯腰——世事和人性都需要弯腰吃苦——我家的祖坟就在我的身后。小爷说:我是黄土埋到脖子了,我也快要走了。小爷看着祖坟,挽起的袖管露出很结实的肌肉,天气有一些嫩寒,我看到谷子地里小爷的影子僵硬在那里,他的脸上皱纹成片爬着。皱纹上了脸的人离死亡就近了吗?生命于我更像是一种无法言语的东西,我对生命的所知，便是我仍然对它有所不知。黄土明摆着在脚下，怎么会埋到脖子了？秋阳快要落山的傍晚，我坐在河边。河水流动让我内心安定。我走回凹里，走出山外。时间可以改变一切，但是，时间无法改变死亡。曾经的山神凹，气力和心劲让凹里人欢马叫。曾经我不知道死亡是什么。死亡是一个时代的结束和另一个时代的诞生，是祖父的死亡，是孙儿的成长。我们的生长拖着浓重的阴影，当它一再降临我身边的亲人时，我看到亲人们的笑容淡淡的，淡得像烟。我站在老窑的门槛上望他们，看他们犹如跌进一潭深水，慢慢地淹没了他们的笑容。斑驳的墙壁竖立着，积灰的老窗合拢，我迈不动步，深远的回忆在我的脑海里涌现。当河水断流，老窑塌落，我突然觉得生活的意义再次变得恍惚，变得不可确定，因为我的活让我的亲人们远去。

　　我多么想找回炊烟似的人间烟火气，找回满山的羊群，找回阳光从窑顶滑落至门槛，并照亮一群觅食的鸡。我穿着紫红格格布衣裳，只回了一下头，就已经找不到我的亲人了。山神凹成为我生死不移的眷恋和诱惑。生命在日子里发芽。倏忽间，这图景全然变作印象，沉淀于记忆之谷的深处，幻化成流年的碎影。这里所有经历的言说都纷纷展开，人们以往的精神空间被淡缩成薄如纸张的平面，文字跳跃，山神凹人经历的单纯过程横立在我的面前，如同牵挂着一个远方的旅人——我是它早已咧着嘴盟过誓的唯一的后人。

没有比河流的消失更动人心魄,它的消失没有挣扎、没有难过。正如彭斯用诗的语言描述的那样:"我从未看到过野生的东西自怨自艾/小鸟冻死了,从树上掉下来/也没有自怜"。河流在人的眼皮底下,谁也记不得它的消失,只知道长流水变成了季节河,当雨水再一次从天空降落时,河流的季节没有了。蒲沟河是沁河一条细小的支流,小到几乎没有任何意义,包括地图上都没有标出它。难过的只是它河岸上有情感的生灵。我在河沟里走,有蒲公英开着黄色的小花,有一丛一丛的鸡冠花,还有苦苦菜,一只壁虎从我的脚前穿过;我还看到一块河卵石上,一只蚂蚁举着一只蚊子,风刮过来,蚂蚁不动,风刮过去,它继续爬行。书上说,植物在它消失的地方必定会重现。会吗? 亲爱的文字,你会欺骗我吗? 二十世纪考古学家是划着木舟进入罗布泊的,我们都知道古楼兰是一个庞大的村庄。一座村庄的生机,最先是由一条河流营造的,河岸上,最后都沦落成了一座座坟茔。我有多么孤独和寂寞。每个人只有一个故乡,就像每个人只有一个祖国、只有一个亲生母亲一样。一个人一生要走很远的路,一提到山神凹,我的心都挖抓得难受。

　　蒲沟河岸上的窑洞,柔软肥沃的土地上长出的耳朵,它在听见时间的叹息和自己内心的曾经热闹的同时,还听见了热爱它的人在寂静的土地上对于生命的守护,对于时间的绝世应答,对于永不会撞个满怀的转瞬即逝的繁华。面对时间,我只能学圣者浩叹一声:逝者如斯夫。逝者如斯夫——感通广宇,戳破时空的沉寂,我写下它曾经热闹的一页。

一切都始于我对它的爱。时间迅疾而过。有多少生命骨殖深埋于时间中,亲情、友情、爱情,终于待在了一个安全的地方,那个去处直叫人呼吸到了月的清香、水的沁骨。生命的决绝让我的爱在产生的文字中获得回归,当这些已逝的生命从我的文字中划过时,我体悟到了温情与哀绝、惆怅和眷念。"但使情亲千里近,须信。无情对面是山河。"我不知这是谁的诗句,却与我内心的感触对接了。时间如中国画缥缈的境界,明知道一切不可能出现,却还愿意在疲倦的时候沉溺其中。天地方寸间怀古,秋风年年吹,春草岁岁枯。逝去的以另一种方式活在现实中。

一位作家说过:"所有埋葬过自己血亲的地方都是故土。"

我说:"只有亲手盖过屋子并养育下后人的地方,才能称是故土。"

许多物事已经消失。记忆潜入的时候,山神凹的土路上有胶皮两轮大车的车辙,山梁上有我亲爱的村民穿大裆裤戴草帽荷锄下地的背影,河沟里有蛙鸣,七八个星,两三点雨,如今,蛙鸣永远响在不朽的辞章里了。

年年清明,我回山神凹,一路上想,坟茔下有修成正果瓜瓞连绵的俗世爱情,曾经的早出晚归,曾经的撩猫逗狗,曾经的影子——只有躺下影子才合二为一,所有都化去了,化不去的是粗茶淡饭里曾经的真情实意。人生的道路越走越远,终于明白了生活中某些东西更重要,首先肯定,它不是物质的。

　　谁能阻挡美满家庭里生离死别有朝一日的到来呢?谁又能阻挡一条河流走远?既然不能,今世还有什么化不开的心结!

二胡的弦乐铺满大地

世界上有一些可以和时间抗衡的东西，比如二胡。

在众多乐器中，二胡是最有中国特色、最没洋味的乐器。听二胡澄明的弦乐，仿佛感悟人生境遇之外存在的永恒，如一条穿越千年沧桑的冰河，静美而让人敬畏。

我对二胡情有独钟，不仅是因为我爸会拉一些二胡曲子，还因为曾经在世的靠二胡养家的五爹。

秋冬季节的傍晚，在村外山脚下的小路上常常会响起二胡声。抬头望去，极目处会看见一个黑瘦的人影且行且拉，夕阳的余晖照着他的影子和胸前闪亮的二胡，如酒后面色微酡的遗少。这时，山神凹的孩子们兴奋地叫喊着：卖胡胡二把的回来了哦——

拉二胡的叫五孩。我管他叫五爹。五爹家在我家祖屋的房后。五爹靠卖二胡维系生计。黄昏是乡村最热闹的时候，翠色的山崖和远岭,村庄上空氤氲的炊烟,还有团成蛋的孩子们。五爹盘腿坐下,开始很专心地揉弦。五爹黑干细长的手指来回滑动着,二胡声就在村庄上空仙雾缭绕开。

五爹的指头功夫是有来头的。五爹从小跟草台班子闯码头,冬练三九,夏练三伏,跟着师傅练茶水功。五根指头蜻蜓点水似的在茶水上飞快地拍打,不能停一拍,不能溢出半滴。五爹的手指就这样在二胡蚕丝弦上练成了风的脊背,轻柔鲜活而又张力饱满。那神气内敛的力在你的听觉上充满弹性韧劲,极有咬嚼。

凹里人说五爹的指头长了嘴,"活说活道"。

记忆中,五爹一个夏天都在打蛇做二胡。蛇血在土窑的周围散发着恶臭。蛇皮花花绿绿挂满了窗台。五爹说,蛇皮和女人一样,叫人心痒。

卖二胡害怕下雨或下雪。蛇皮在雪天里紧,雨天里松,音亮紧巴,小家子气。蛇皮的松紧是二胡的命。二胡的味道全在松与紧的分寸中,在极其有限里极尽潇洒旷达之能事。化雪天冷得厉害时,五爹就不出门了。一把二胡在热炕上,周围一群娃娃,五婶坐过来,手里纳着鞋底,并不时随二胡哼两句"钉缸调"。"钉缸调"的唱词并不黄,倒是曲调唱时要压腰叠肚的,有些意味在里面。

我爸后来和五爹弄僵了。大约是有一年过正月十五闹红火,村大队院里有八音会,锣鼓刚开,五爹挤了进来,五爹夺过二胡,一口气拉了七个把位的琶音。五爹运弓如初生赤子的啼哭,力道来自母体而非五谷杂粮。五爹说:"唢呐的眼位全定在那儿,气息的轻重尚且能使声音变化万千,二胡靠了两根弦,把位不定,全飘了。玩儿那两下,就想在人前要饭吃。"五爹说完昂昂而去。

夏天是打蛇的绝好季节,我爸出行,有人问去哪儿,我爸说:"上山打五爹!"

二胡的动人处就在于它的凄美,那是一种平和的美,而不是肃杀。它可能是一个朝代的兴衰,也可能是一生一世的情缘;可能是重门叠户,夕阳影里,小桥流水,也可能是闲花野草,燕子低飞,寻觅旧家;可能是一片澄明如水的气氛,也可能是一扇古朴清雅的屏风,走进去只是自家人生。

走过铁匠铺手心就热了

去往铁匠铺的路上，我还是一个噘着厚嘴唇的女孩。

时光虽然从我的生命中走失了很多东西，很多东西也让我懂得有过的好被我撞见了。

我的手心再没有因为遇见一些事物而热过，除了铁匠铺。有些时候，我甚至怀疑其中某些细节的真实，比如黄泥小路上的晨光，弥漫在空气里冷霜的味道，还有那磕磕绊绊相继走过的脚印。

秋罢，农家院墙上有一排铁钩，上面挂着闲置下来的犁耙锄锹，一年的生计做完了，该挂锄了。庄稼人脸上像牲口卸下挽具似的浮着一层浅浅的轻松，农具挂起来时地便收割干净了。阔亮的地面上有鸟起落，一阵风刮过来，干黄的叶片唰唰、唰唰往下掉，入冬了，落叶、草屑连同所有轻飘飘的东西都被风刮得原地打转。早晨和傍晚，落叶铺满了院子，还有街道。远处重峦叠嶂的山体，恰似劈面而立的一幅巨大的水墨画屏，霜打过的红叶还挂在一些干枝梢上,怕冷的人已经裹上了冬装,袖住了手。

跑往山野的风停在农具上歇息,风把农具上的泥尘抖落下来,眯了过路人的眼。想起那金粉飘洒的阳春三月,农人看着挂起来的农具说:该进铁匠铺了。

秋庄稼入仓,那些留在地里的秸秆和茬头堆积在地当央,火燃起来时,乌鸦在飘浮的灰烬中上下翻飞,它们在抢食最后一季逃飞的蠓虫。天气干爽得很,空气就像刚擦洗过的玻璃窗户,乌鸦的叫声,拨动了人敏感的神经,孩子们追逐着乌鸦,想把它们驱赶到高处的山上。每个人手里都拿着一根长条竹竿,那些抢食的乌鸦在孩子们的驱赶下飞往远处。谁家的马打着响鼻,河岸上未成年的柳树是拴马的桩,青草在入冬之前衰败,如一层脱落的马毛,马干嚼着,不时抬头望着走往铁匠铺三三两两高声大气说话的人群。

马肚子里装了村庄人所有成长的故事,马想起每个人的故事来都觉得好笑。马没能忍住它的表情,扬起嘴巴开始大笑。

一个知道季节的人牵着毛驴走在村庄弯月形的桥上,他要翻越山头去有煤的地方驮炭,冬天,雪就要来了。驴在桥上停顿了一下,它听见了马笑,一只不晓得人生的蜜蜂未经许可落在了驴耳朵上,扰乱了它的倾听,它很生气地抬起它的漆皮鞋"梆梆"敲打了两声青石路面,蜜蜂被抖擞飞了。赶驴人咳嗽了一声,嘴里挤出一声"哒——",像风吹落了一棵柿子树上的柿子。都没有关系。驴胡乱想了点往事就又往前走了。

村庄里的铁匠铺开始热闹了，用了一年的农具需要"轧"钢蘸火。用麻绳串起来的农具挂在铁匠铺的墙角，大锤小锤的击打声此起彼伏。取农具的人不走了，送农具的人也不走了，或蹲或坐，劣质香烟弥漫着铁匠铺。轧好钢的锄头扔进水盆里，一咕嘟热气浪起来。龇着牙的农人开始说秋天的事，秋天的丰收总是按年成来计算，雨多了涝，雨少了旱，不管啥年成，入冬就要歇息了。

冬天是一个说闲话的日子，冬天的闲话把历史都要揪出来晒两轮儿。

从小生活在村镇的那一代人，回忆起从前的日子那是有很多说道的。每一个节气到来都要先敬神。天地间与人掰扯不开的神是农家院子里的天地爷神位，虽然敬奉的是天地人三界尊神之位，最主要的还是天、地神。万物的本源，没有辽阔的土地，人们便会失去生存的根基。我们的上古神话有盘古化生万物，盘古以肌肉化成田土，用血液滋润大地，后来又出现了后土。乡民们开工动土时先要献土，土为"后土"。后土是谁？共工氏有子曰勾龙，为后土。因为共工氏统治天下时，他的儿子能够平治九州的土地。后土有凭尊贵和功劳享受庙宇的资本。乡民院子里的天地疙窝子由专门工匠造就，大户人家都在自己正房的门脸前，有的在进大门处，有石雕和砖雕样式。拜祭地神与拜祭天神是对应的，天地合称为"皇天后土"。

作为司农神的后土神,常和土地的出产物——五谷神合在一起祭祀。谷神最早祭祀的是"稷"。《风俗通义·祀典》说,稷者,五谷之长。五谷众多不可遍祭,故立稷为代表。在交通不便的方国之中,人们对农作物的需求是一致的。敬神是护佑来年风调雨顺,铁匠铺则是生活背后的力量。

有人讲土地庙的土地神,最小的神直接管着人的口粮。说是山前山后各有土地庙,山前热闹山后冷清。山后土地来山前土地庙里抱怨,正好山前土地要出门会友,便委托山后土地代理几天,以便得些香火供品。山前土地前脚走便来一人祭祀,请土地刮一阵顺风,明天他要行船。接着又来一人,请土地明天千万不要刮风,他的梨树正在花季。没等土地决定,又来一老头祭神求雨,他要种田。后又来一老太,她要晒姜。山后土地实在是没有工作经验,急请山前土地回来定夺。山前土地告诉他:刮风顺河走,躲过梨树沟;黑夜把雨降,白天晒干姜。他们说现在的官员都是一方土地神,可惜少有山前土地的工作经验,大多感情判断,跟着政策来强行定夺。是不是更应该理解当下,不做无用之事,不放过有用之人呢? 四散坐着的人就毫无意思地哈哈笑。

在他们的谈话中,村庄里的事物都不是固定的,具有弹性,有拖泥带水式的长句。村庄已经不能叫村庄了,门外越来越看不见年轻人的脸了,连走过时无意中吹了一声口哨都觉得是一种生气。围绕着铁匠铺的地上丢满了烟蒂,因为抢秋,黄土刺进了他们的脸皮,搓着脸上和脖子下的黄泥,弹出一个泥蛋蛋,又一个。他们的生活质量,也许就是现在这样的,一脸麻木不仁的自由。

旧时的颜色就是由手艺人描绘的。我一直不相信有天堂,天堂在我的意念中该是叮当作响的铁匠铺。现在农业器具都是机械制造了,铁匠铺除了为一些工地打打铁钎子、铁镐头,别的活儿基本都没了。偶尔还会在街道上看到拴牲口的铁链,锁门用的门鼻子,以及钉棺材的铁钉。我在一家农家乐吃饭,上菜用的瓷盘子换成了铁锨,我一直在想,镰刀、铁叉、锄头、斧头、锤子如果都上了饭桌子呢?哈呀,显然就没有了吃饭的乐趣。随着时间推移,机器逐渐代替了手工,耕田用上了耕田机,收割用上了收割机,脱粒时再也不是老牛拉着石轱辘在转,而是用上了脱粒机。前不久在新闻上看到,为了禁止燃烧农作物秸秆,还用上了打包机。看来用不了多少年,一些农具就会逐渐淡出人们生活成为民俗。伸展到生活细微处的那些铁匠铺,有一天就会成为多余的风景落幕,没有了铁匠铺的生活还会继续。铁匠铺没有了铁匠,所有就只能画在了纸上。

乡村城市化的过程中最明显的一点,是让我们丢弃了铁匠铺。

我一直怀念铁匠铺里男人们的气质、表情、谈吐和铁锤的敲击声,还有,是农具赋予了他们做人的尊严、自由和信心。

一碗面的乡愁

等一碗面吃,尤是冬日暮色下,白日的喧哗模糊了许多,一切淹没在暮霭中。这时,你会觉得日子仍然含混在黑白电影时代,也属于小说印数谨慎和有限的年代。擀面人站在脚地上,暗黄色的瓦数很小的灯泡照亮了她的背影。

"腾、腾、腾……"

灶台上铁锅中的水开了花,水开花的样子是发出快乐的尖叫,用它的小手顶举着锅盖,旁边的锅碗瓢盆有按捺不住的喜悦开始互相磕碰,火苗簌簌作响。要下面了,和着模糊不清的等待,吃面人离开座位,又觉不妥,返回座位,坐卧不安。最不体面的事就是焦心地等一碗面的到来。

民以食为天,这是千百年来民众生存活命依附的一个大真理。填饱肚不生事,依据常识行事,生活才会有鼓舞的日子出现。

在北方,填饱肚子,面,居功至伟。

面,是天地之间最普通、最实在、最没有富贵气的民间食物,人们对面的态度,反映着社会、生活的水平。

有面吃,才能饭饱生余情。

一 四千年前的一碗面

一碗面,在漆黑的夜里等待了四千年,搅和了山土的气息,尚存几分贵气。

一个女人,在松柏、柴草、野花的拥偎中,用一双巧手扯面,一切没有来得及送往嘴里,山摇地动了,一瞬间,山和山洪扭滚在一起,这时候闻到面的醇香,死亡让一碗面成为一种考据。

被考古学家在中国西北青海省民和县喇家村的黄土高原泛滥区挖掘出来时,一小堆保存完好的条形物躺在一只陶土制成的碗里,鬼愣愣的,很惹人眼。地震将这个小村庄埋在了地下三米处,假如不是沉睡,一碗面怎么可能蓬勃到现在?

面条已经煮过,覆盖在一只倒扣的陶碗中,看起来细细黄黄,极像山西人经常使用的小麦粉做成的拉面,并且反复扯成细长细长的条。碗底的空隙形成一层保护空间,使软面条未被压碎而保存下来。

当陶碗出土见了日光,见了空气,如同见了呼吸,面条迅速氧化为齑粉。不过,考古学家仍设法分析出了面条的成分。他们在查看面条中的淀粉粒和矿物粒时,发现这些古面条跟我们现在吃的不一样,不是由小麦制成,而是由黍和小米做成的。

黍是一种个性鲜明的食物。它被驯化后,具有抗旱耐贫、生长期短的特点。《诗经·王风·黍离》中有这样一句诗:"彼黍离离,彼稷之苗。"黍的好基友稷出现了。

稷,有人说它是不黏的黍,也有人说它是高粱。这种古老谷物的出现比黍稍晚,但优点就是高产量。先民的人口因稷迅速繁衍。

稷,在先民心中不仅是种食物,而且还具备社会性。周人将稷奉为五谷之长,并把自己的始祖称为"后稷";西周时,稷被神化,成为"谷神",与"土神"一起组成国家代名词"社稷"的重要组成部分。由此,稷由谷物演变为精神图腾。

小麦在中国成功移植历时不短,它是逐渐从中国西北部发展到东部及南部的。考古学上有证据可以证明,虽然在五千至四千五百年前小麦已在中国西北部出现,但直到唐宋朝才推广起来,也就是从公元 618 年到 1279 年,小麦才成为继大米之后中国第二大谷类作物。

也许是正午,也许是傍晚,捞往碗里的面遇到地震引发的洪水,瞬间全村直接被洪水淹没。

从来没有看见过神灵存在,一道咒符的降临,有多少人在灾难中消失?

生命不仅仅存留在具体的个体身上,还是一个薪火相传的时间流程,一个时间中的节点。一碗面告诉了我们古人的生活质量。

小米是没什么黏性的,怎么可能做成面条呢? 这是考古学家一直以来的一个疑惑,什么样的手工艺能做出如此细长的面条?

因为没有见过当时出土面条的样子,一直以来我心中的答案是,它是用北方一种木制床子轧成的面条,小米加了榆树皮碾碎的粉,变得具有黏性。

榆树,刮去皲裂的老皮,用锤子使劲砸开那白生生的嫩皮,捶得白皮丝丝缕缕,就可以一块块撕下来了。榆皮晒干,到石碾上碾烂,细罗筛下,榆皮面就成了。榆树根上的皮最适宜做榆皮面,那皮深埋在土里,皮薄肉厚,而且碾来渣滓少,出面率高。

河漏面,多在北方人家尤其山西民间和陕北流行,在不同的地方名称有些不大一样,也有叫饸饹面。吃河漏面时,有专门轧面的工具,称为河漏床。

老的木制河漏床是在一根木头上挖个杯口粗细的圆坑,上下通透,在坑底钉一块扎满小孔、均匀分布、大小适中的铁皮或铜板。在河漏床上方有一根圆柱体,上面连接在一个轴上,将河漏床架在锅上,把和好的面搓成长圆形,在水里蘸一下,将面填满圆洞,放入河漏床坑内,木芯置于洞口,然后按住河漏床的床把,手扳木杠用力下轧(挤压),将面从小孔中轧入开水锅中,把面轧尽后,用刀将河漏床底的面丝割断,三滚两滚,河漏面就熟了。

大的河漏床,要用两三个人的力量才能操作,适用于婚丧嫁娶。家庭用小河漏床,形如大河漏床,只是尺寸要小。轧罢河漏要用小铁勺子挖干净床坑,当紧的事,一不当紧床坑里的面就干了。

好媳妇的河漏床很干净,清清爽爽,只用看河漏床,就知道是居家过日子的好女人。

榆树皮的作用是可以用在所有一盘散沙的面粉中,揉掺了榆树皮面粉的面食,舌感滑溜柔软,入口别有一番妙处。

四千年前,我们的先民已经有了较完善的技术,对粮食作物进行脱粒、粉碎,制成足可以制作面条的面粉,利用面粉做成均匀、细长的面条。尽管当时面粉的质量还比较粗糙,我相信掺拌着榆树皮面来黏合,再用工具轧出完全是有可能的。

粮食在古老的节气里成熟,由面食工具看到了吃面人的愣硬倔。一碗面,头埋进碗里使劲刨,一副饿极了的熊样儿,那面吃得是汤溅四处、咀嚼山响。

作家贾平凹说:"这面食把陕西人吃得胖乎乎的,尤其是关中人,都是盆盆脸,肉厚脖子粗。"

面把秦国东向之势吃得一发不可收拾,那么,统一中国的伟业还能由谁来完成? 只能由吃面的人来完成!

过去中国人声称,马可·波罗把面条从中国带到意大利;意大利人则说,在马可波罗之前就有面条。喇家村出土了一碗面,一碗面让我想到了伸向远方的道路。

在现今罗马北方的伊楚利亚古国一幅公元前4世纪的古墓壁画中,描绘了奴仆和面、擀面、切面的情景。不过不管是伊楚利亚人还是意大利人,通常都被认为是将面拿来烤食。

除了中国,我想象不出还有哪个国家有此耐心,舍得用大把时间来做一碗面。

面是北方人的天,是把日子快过成光景了,憋着足劲走往人前头去的精神,是把人安顿住了,以圆润姿态把持着每一颗或远或近的心,是诚实、稳当、知足、认死理和一好百好的德行根源。

世上的山珍海味再好,也抵不过实实在在的一碗面!

二　麦黄杏黄,麦客开镰

麦黄杏黄时,货郎的背褡里装了女人的等待,一旦他的拨浪鼓摇响,女人和娃娃就抢先站在了村庄当央。这时节,村庄里的劳力准备开始下地割麦了,成群结队的麦客从一座村庄割往另一座村庄。女人们从货郎的背褡里用鸡蛋换下针线,就为了给自家汉子做一副厚实的垫肩。五六层布的垫肩,它的形状是半椭圆形的,有十五厘米左右宽窄(后宽、左右宽、前窄),中间一个圆洞比脖颈大一些,围着人的肩膀转一圈,前面两边各有一根细绳,用来系在脖子前面以防滑落。

麦客在麦熟时节外出，替别人收割麦子，俗称"赶麦场"。

麦客的存在缓解了农村在夏收时节面临的时间紧、任务重与人手不足的困境。

由北向南，由南返北，像候鸟一样迁徙游走的麦客，一把镰刀，一路收一路走，等麦客走到自家门前，自家的麦子也熟了；另一部分是早熟区的农民等自家收割完后，便前往相对晚熟区收割。他们的共同点都是成群结队，其中有兄弟同行，还有父子同行，甚至夫妻相随，用汗水换取微薄的收入，以补家庭短缺或寻找生路。在农业机械化时代，因其是机械收割，也被称为"铁麦客""机械麦客"。

生活中的劳动者是一些知足者，他们在收获中获得平凡简朴的幸福。能够领受时节赠予的人是有福人，在时间里守候那些恒常的自然规律，只有劳动可获得最实在的安宁。

吃面人种麦子，麦子却是引进的外来作物。

植物遗传学和考古学研究表明，小麦起源于西亚。黄河流域虽有小麦的亲缘植物小麦草的分布，但迄今未发现野生的二粒小麦。

中原数以千计的新石器时代遗址中，也未发现麦作遗存。

最早的麦作遗存发现于新疆孔雀河畔的古墓沟墓地中，距今约三千八百年。墓主头侧的草编小篓中有小麦随葬。他头戴毡帽,身裹毛布或毛毯,脚穿羊皮靴,木质葬具上覆盖牛皮,并且牛羊角随葬。这是一个以经营畜牧业为主,并开始使用土地种植小麦的人。

孔雀河谷发现了麦物遗址,同时出土了大型磨麦器。

成书于战国时代的《穆天子传》记述,周穆王西巡时,收到了沿途部落敬献的麦子,并带回中原种植。

羌人自古活跃在中国西部,在商代即与中原有密切的联系,周代时这种关系得到了进一步的加强。《汉书·赵充国传》中也谈到麦是羌人的主要粮食作物。

麦客收割走了麦地里的麦子。凌晨,月明清澈高远,黑黝黝的山峦直立,拾麦人急慌慌出门。收割后的麦地空阔,新麦的香扑面而来,一寸一寸拾过去,运气好时捡拾的麦子,相当于一年一口人的新麦口粮。

北方人几天不吃面便觉得心焦难耐,若一日少一顿面,在老人眼里,熟悉于心的日子已经过得不成样子了。

没面吃,日子完全没了架势。

没面吃总可扰乱富贵,做面的女主人便觉得空落落的,虚弱、酸楚,哪儿哪儿都不敢和人家有面吃的人比。端着碗不敢去串门,跟打麦场上闲着的连枷似的,麦子可是一家子的细水长流哇!

童年时地少,或者说地不产粮,麦子少得可怜,白面里总要掺杂一些杂面。能吃一顿精白面,家里不知道藏粮该有多少。

我最喜欢的面不是精细面,是三合面,浆水菜臊子,端着上世纪70年代的"为人民服务"大海碗,坐在自家的土窑炕上,边吃面边听妈唠叨:"吃饱饱的,出门在外吃不上妈的手擀面了。"

世界那么大,阳光那么好,成长是多么开心的事啊!那时虽然十几岁的年龄,自小常想长大的事,长大是要离家的,家是爸妈灶前扬眉与低首之间的幸福,在家的日子就是蒙着爸妈的开恩,想吃面,不用自己动手,一碗面就来了。出门人,就算一碗面"举案齐眉"在眼前,可那面里头已没有了爸妈的唠叨,再好吃的面都显得寡淡了。

不管是以前还是现在,足够的胆量和勇气给到地里,地总会回报你丰收的喜悦。

麦子收成不好的季节,乡下人用杂粮做面。

炕铺上的面盆里放着挤成枣样大小的剂子,一双巧手从两头搓起,搓成细若香头的面鱼;若是抬头望见日头高过窗棂了,来不及搓面鱼的主妇,便捏成很薄的高粱红面壳壳,要么掰成块加菜拌食,要么切条,用鸡蛋、酸菜炒食。

下地人进了院门,嗅着那一股香,不禁垂涎三尺。

过去村里孩子玩饿了,取一个红面壳壳,往里边倒一点盐醋,滴一点食油,从边上掰一块蘸着盐醋吃,吃到最后,盐醋、壳壳来个一口香,老百姓叫"油盐蘸窝窝"。

一般家庭主妇能用小麦粉、高粱面、豆面、荞面、莜面做几十种花样,如刀削面、大拉面、圪培面、推窝窝、河漏面等。

到了日子深处,做面人更是花样翻新,目不暇接,那真是一面百样、一面百味的境界啊。

面食按照制作工艺来讲,有蒸制、煮制、烹制三大类。有据可查的面食在山西就有二百八十种之多,可以蒸、煎、烤、炒、烩、煨、炸、贴、摊、拌、蘸、烧等。

不说别的,仅馒头一说就有:花卷、刀切馍、圆馒、石榴馍、枣馍、麦芽馍、硬面馍等。

《事物纪原》中说,诸葛亮为了代替人头祭泸水,发明了馒头。

《三国演义》第九十一回中,诸葛亮征南胜利班师,至泸水设祭。当地土人说,须依旧例,杀七七四十九颗人头为祭,诸葛亮却"唤行厨宰杀牛马,和面为剂,塑成人头,内以牛羊等肉代之,名曰'馒头'"。以此来看,似乎"馒头"之名始自诸葛亮。不仅《三国演义》有如此说法,明朝郎瑛所撰《七修类稿》中说,"馒头本名蛮头"。当年诸葛亮亲自率兵,征伐割据于云、贵一带称霸的孟获,七擒七纵。叛乱既平,不忍心杀人祭泸水,遂用馒头代替。

馒头开始成为宴会祭享的陈设品。晋以后有一段时间,古人把馒头称作"饼"。唐以后,馒头的形态变小。宋时,馒头成为读书人经常食用的点心,就不再是人头形状了。一直到清代,馒头的称谓出现了分野:北方谓无馅者为馒头,有馅者为包子;而南方则称有馅者为"面兜子",无馅者也有称作"大包子"的。

我比较喜欢南方对有馅馒头称作"面兜子"的叫法，形象生动，装了货，一兜之隔，如沐春风。

蒸馒头蒸出了山西面塑。

麦子面经过揉面、造型、笼蒸、点色而成，配合岁时节令祭礼或上供，如"枣山"在祭祀神灵之中，还寓意"早生贵子"；用于清明节的"飞燕"花馍，既是扫坟祭礼的用品，也表示春燕飞来，阳光明媚。

童年时过年，就为了正月里走亲戚。从正月初二开始，乡村的土路上行人赶会似的，胳膊扒着荆条篮子，篮子里装了馍，从月初走到月尾，自己家的馍走了一个月亲戚又绕回来了，唯一留下的记号是白馍上长出了霉点。那是青霉素呢，乡人说。

年把人过老了。

刀锋似的岁月，摧残人的容颜和力气，还想着从前过年呢，掉转一下身，发现母亲站在案板前已经直不起腰身了。

三　面由花朵历经季候修成了正果

面是由花朵历经季候修成的正果，皆是雨露、日月凝结的养分。

物竞天择，水到渠成，人们除了具有对面类饮食惯性外，亦具备了对面的发现惯性，总应和着"民以食为天"的古训。

春季烧卤面、夏季凉拌面、秋季肉炒面、冬季热汤面的四季吃法，吃得北方汉子人高马大，走南闯北，一碗面落肚，肚子浑圆，一忽闪褂子，要强的面子就显出来了。

面如我们的五千年文明，也让我们闻到了一股王者与平民日日里过日子的优雅和闲逸之气。

东汉桓帝时，有一个很喜欢吃面的尚书叫崔寔，写了一本《四民月令》的书。书上说，"（五月）阴气入，藏腹中塞，不能化腻；先后日至各十日，薄滋味，毋多食肥酥。距立秋，毋食煮饼及水溲饼"，"煮饼""水溲饼"就是最早的面食。

"饼"字由来已久，《说文解字》曰："饼，面糍也，从食，并声。"周礼祭太牢，其中有种祭品叫"牢丸"，就是用面做的圆形食物。这大概是饼的最早记载。

山西的饼食，同面条、花馍等面食一样食用普遍，有烤制、烙制、炒制，还有水煮、油炸等多种制作方法。在山西，东到娘子关，西到黄河边，南到风陵渡，北至雁门关，不管你是在宾馆饭店的筵席上，还是集市庙会的吃摊上，以及普通人家的餐桌上，都能见到饼食的踪影。

山西闻喜县煮饼在明末就有了名气。

煮饼外裹一层芝麻，滚圆状，将芝麻团掰开，便露出外深内浅的栗色皮层和绛白两色分明的饼馅，可拉出几厘米长的细丝。酥沙薄皮，甜而不腻，久放不变质，吃起来是越嚼越香。

崔寔尚书吃面居然吃出了经验,知道吃面也有自伤的时候,说有些月份是不可以多吃面的。

面在魏晋时称"汤饼",南北朝时称"水引""傅饦"。

我尤是喜欢先祖叫面"水引"。

来想象一下,就像中药罐中的药引子七粒红枣一样,失去了引子,中药药性就失去了大半。

面是水引,在清水中一掩一映,一蓬一簇垂吊在筷上,散披在锅里,让静伏在炉畔的胃肠,先是汩汩欲出口水,再是一阵难耐的下咽。眼睛里的馋啊,时不时地涌进半帘香雾,急不可耐拿了细瓷青花碗儿一唗一喝,馋人的胃口真要连碗下咽了。

《齐民要术》介绍说,做水引,先要肉汁将面和好,然后用手将面授成筷子粗细的条,一尺一断,放在盘中用水浸,做时手临锅边,面条要授得如韭叶一般薄,用沸水煮熟,即为"水引面"。

吃面吃得热汗淋漓的要数宋朝。北宋汴梁城内,北食店有"淹生软羊面""桐皮面""冷陶榛子"等,川饭店有"插肉面""大煥面",面食店有"桐皮熟烩面",寺院有"素面"。南宋城都临安城内,南食店有"铺羊肉""煎面""鹅面"等,面食店有"鸡丝面""三鲜面""银丝冷陶"等;菜店则专卖"菜面""齑淘""经带面"。还有山林之家的"百合面""梅花汤面"等。

面把北宋汴梁城丰仪得如雪地春风,宋徽宗和李师师,爱情一传老远的声气,让走在万古无春的天边路上的孤独有了星星点点的斑斓春梦。

因了面,再看宋徽宗的瘦金体,横画收笔带钩,竖画收笔带点,撇如斜刀,捺如切刀,有些连笔像游丝行空,施展劲挺的样子怎么看都像案板上摆放着的面。

山西面食走出声名的是刀削面。

刀削面内虚、外筋,柔软、光滑,享有国际盛誉。

关于刀削面有一个民间传说。蒙古鞑靼侵占中原后,建立元朝。为防止汉人造反起义,他们将家家户户的金属全部没收,并规定十户用厨刀一把,切菜做饭轮流使用,用后再交回鞑靼保管。一天午时,一户人家的女子和好面后,让汉子去取刀,结果刀被别人取走,汉子只好空手返回。在出鞑靼的大门时,汉子的脚被一块薄铁皮碰了一下,他顺手捡起来揣在怀里。回家后,水在锅里滚着,面团在案板上,全家人等吃面,汉子忽然想起怀里的铁皮,取出来说:"就用这个铁皮切面吧!"

女子一看,铁皮薄而软,嘟囔着说:"这样软的东西咋好切面?"汉子对鞑靼占领很气愤,带着情绪说:"切不动就砍。""砍"字提了个醒,女子把面团放在一块木板上,左手端起,右手持铁片,站在开水锅边"砍"面。一片片面叶落入锅内,煮熟后捞到碗里,浇上卤汁让汉子先吃,汉子边吃边说:"以后不用再去取厨刀切面了。"后来,凤阳出了朱皇帝统一了中国,建立明朝,这种"砍面"流传于社会小摊贩,又经过多次民间改革,演变为现在的刀削面。

刀削面传统的操作要诀是："刀不离面,面不离刀,胳膊直硬手端平,手眼一条线,一棱赶一棱,平刀是扁条,弯刀是三棱。"要说吃了刀削面是饱了口福,那么观看刀削面则是饱了眼福。那是怎样的情形?有顺口溜赞:"一叶落锅一叶飘,一叶离面又出刀,银鱼落水翻白浪,柳叶乘风下树梢。"

面勾人焦心,离乡人有面滋养胃口,滋养日久,再艰辛的生活,只要天天有面吃,走外的人差不多就要把他乡认故乡了。

四　上马饺子下马面

走南闯北的乡亲,外出,归家,迎客,送客,都有可亲可喜的风俗。

"上马饺子",说是饺子的样子像古时的银锞和元宝,希望出门人赚得盆满钵溢。

多少年来,与世界在此建立起联系的口福,总会想起故乡、庄稼地、麦子、妈妈。我可以在任何一个城市、一个地方与故乡发生联系,是因为那里有面吃。

有了面,离乡的漂泊就好像有了根,就可以在任何一个地方呼吸生长,去开辟自己一片天空。

起源于张仲景时代的饺子,又名"交子"或"娇耳",是新旧交替之意,也是秉承上苍之意,是必须吃的一道大宴美食;否则,上苍会在阴阳界中除去你的名字,死后会变成不在册的孤魂野鬼。

饺子在其漫长的发展过程中,名目繁多,古时有"牢丸""扁食""饺饵""粉角"等名称,三国时期称作"月牙馄饨",南北朝时期称"馄饨",唐代称"偃月形馄饨",宋代称为"角子",元代称为"扁食",清朝则称为"饺子"。

饺子一开始主要是药用价值,张仲景用面皮包上一些祛寒的药材(羊肉、胡椒等)用来治病,避免病人耳朵上生冻疮。

"祛寒娇耳汤"是总结汉代三百多年临床实践而成的,其做法是用羊肉和一些祛寒药材在锅里煮熬,煮好后再把这些东西捞出来切碎,用面皮包成耳朵状的"娇耳",下锅煮熟后分给乞药的病人。每人两只娇耳、一碗汤。人们吃下祛寒汤后浑身发热,血液通畅,两耳变暖。老百姓从冬至吃到除夕,治好了冻耳,也抵御了伤寒。

民间有俗语"好吃不过饺子"一说。

从前吃饺子时有许多俗规。第一个饺子供火神,故意跌落在火台上,让它烤焦,扔进炉膛,寓意日子要旺了。第一碗饺子要先供奉先祖,然后才是供诸神。河北民间有"神三鬼四"之说,给诸神上供三碗,每碗盛三个饺子;给列祖列宗上供四碗,每碗盛四个饺子。有的地方,饺子端到供桌上,家里老人还要虔诚地念上一段祷告式的顺口溜:

一个扁食两头尖，

　　下到锅里成万千。

　　金勺舀，银碗端，

　　端到桌上敬老天。

　　天神见了心喜欢，

　　一年四季保平安。

　　在中国许多地区民俗中，除夕守岁吃饺子，是任何山珍海味无法替代的重头大宴。

　　还记得除夕夜守岁包饺子，一家人围坐在炕上；树影像钟表的时针，听得见"岁"走远的声音；时辰一到，开门放炮。响把大人的喉结解开了，把去年的不愉快带走了。

　　家人远归或者有客登门，接风的饭必定是面条，俗称"下马面"。传说面条像绳索，绊住来客的马腿，要他多住几天，表示亲热。

　　要是饭食安排错了，便有些难堪。"下马"吃饺子，表示主人有逐客之意，而"上马"吃了面条，绊着了马腿，预示旅行将不顺利。

　　出门人先要择吉日，吉日不难排，农历逢三、六、九的日子都是好日子。"七不出门，八不回家"，小时候常听大人说，后来才知道是老祖宗留下来的教育人们的话。正确的解释是：七不出门，说的是出门前有七件事情，如果你没有办好的话不能出门。这七

63

件事就是柴、米、油、盐、酱、醋、茶，因为以前女人是不能出门或者很少出门的。男人是一家之主，是当家的，如果你要出门的话首先要安排好家里的基本生活，把一家大小吃食问题先解决了，这样你才可以出门，出了门才能放心。八不回家，是说你出门在外有八件事必须做好，做不好是不能回家的。这八件事是孝、悌、忠、信、礼、义、廉、耻。这八件事是古代做人的基本道德准则，违反了任何一条都对不起祖宗，无颜面对家人。

谚语说"三六九，朝外走"。择了日子归家，无论你是闯关东，下南洋，还是少小离家白发归来，一顿"下马面"，足令归家人老泪横流。

我妈说，吃了由面粉揉筋道的面，人才能长结实，才能长出硬面一样的肌筋，才敢向着离家很远的地方走。

人总是要离开故乡，人可以改变容貌，可以忘记从前，但永远改变不了肠胃中的故乡。

土地用它的出产养育着它上面的人，如果说吃是健康的肯定，那么，有面吃该是一生最好的渴念了。

日头用一只巨大的葫芦瓢，把黄黄的浓稠的阳光泼在人世间的每一寸土地上，那上面生长五谷杂粮，所有的生长就只能是为了吃，吃就是一种世俗呀，张家大爷海碗里的面拌了葱花的香气，那香气是什么呀，是心平气和翻闹出你对于旧时光阴的依恋。

怀念童年，最让我动心的怕是香透窗棂的那一碗面吧！

花骨朵破胸而出

单为了思念起一种颜色，那一份好和俏丽，都在耐得住寂寞下盛开。好，隔着旧时光，它竟是华丽。一张红绣帷幔的檀香木床上，早晨的第一声鸡鸣催醒了她，手环和颈前佩饰叮当，伸一个懒腰，在幽暗的晨光中，所有是静止的，风从一个缝隙挤进来，又从一个缝隙挤走。

时光的伤痕像冬眠的蛇，或被一场雨敲醒，舔着长舌向脚前匍匐而来，你可以不知道你是谁，但不可以不知道自己喜欢。那样的意趣，只能在古典小说里了。一直喜欢老绣，比喜欢一个人更让我心仪，尤其喜欢女子穿一片贴胸的肚兜，外罩一件披肩，初秋走在林子里，风像辽阔的秋叶，缓缓拨动着那女子的头发，生活在时间的那一边，那一份藏着，这个好也叫出色。

肚兜早时称"亵衣"。"亵"意为"轻浮"，有"挑逗，勾魂"之意。悄没声息的喜悦，有许多风情，叫你去黏。我在夜晚曾走进一间保存完好的老屋,是一位古人的书房,有月光把心灵上的尘埃擦洗得干干净净,一些前尘往事在朦胧的光影下水一样晃动。我想象发黄的线装书,一介书生,三两点墨痕,绣帕如雀,荡起了廊檐下一树尘影,一种背景下的氛围,我穿梭在时光中像鬼狐一样,抬头四望,无奈而寂寞。

走出那间老屋,我想,什么是一场风花雪月啊,有比红绣银织,更能泛滥时间暗淌的泪滴吗?

汉朝开始,平织绢开始用作常用的内衣面料,其上多用各色丝线绣出花纹图案,满工绣,把俗世的美意融进锦缎里,成为寓意的一部分。风华绝代,季节都开在胸口了,也只有中国的女子才有如此风情。

到了唐代,出现了一种无带的内衣,称为"诃子"。唐,就那样一直蛰伏在历史深处,因为有杨玉环,唐,也许该是一个动词。杨玉环能从俗世中脱出来,与"诃子"有极大的关系,也是大唐外衣的形制特点所决定的。那时的女子喜穿"半露胸式裙装",露,就算有风来,只要不那么鲁莽,悬着的双乳也只在"诃子"上荡几下,之后,安静端坐,聆听春歌。

透明的罗纱内若隐若现,因而"诃子"的面料是考究的,色彩缤纷,常用的面料为"织成",挺括略有弹性,是手感厚实的麻料。穿时在胸下扎束两根带子即可,"织成"保证"诃子"胸上部分达到挺立。杨玉环在大唐占有空间的最重要部位,写她的文字始终呈现着永久,附带着的大唐奢靡、诡异,全都是因为"诃子"的暗香袭人啊。

风华正茂时武则天活在衣服里。金花红袄是她一抹机巧的显露和召唤,也是她的主要手段。

说到宋代,宋代把兜肚喊为"抹胸",穿着后"上可覆乳下可遮肚",整个胸腹全被掩住,因而又称"抹肚"。平常人家多用棉制品,俗称土布;贵族人家用丝质品,绣花,花开富贵。宋比唐瘦了一圈,或许是因为"抹胸"?不要那么多繁盛,像宋徽宗的瘦金体,只是一种雅趣。宋代把抹胸穿得最有雅趣的是李师师。传言是古老生活的轨迹。幸好悄掩着的沉重的木门扇,入睡前已经用麻油把吱吱响的门轴涂了一下,才有了文字里的春夜。"并刀如水,吴盐胜雪,纤指破新橙。锦幄初温,兽烟不断,相对坐调笙。低声问:向谁行宿?城上已三更。马滑霜浓,不如休去,直是少人行。"急促的短暂,由一片抹胸抹紧了被无限感动的那一刻。

元代叫它"合欢襟"。仔细品,有点迷晕。有一些些儿艳俗,可叫人想入非非,是媚惑,更是手段。仨字组合得真好。不妨想象一下,审美经验和生命态度下的情趣,是关乎生命最高秘密的隐喻和福音。合,欢,襟。"生命"终归是一样"动物"性狂欢。

也只有清代才把它叫了"肚兜"。棉、丝绸,束系用的带子并不局限于绳,富贵之家多用金链,中等之家多用银链、铜链,小家碧玉则用红色丝绢。那是由颈部滑下的曲线,沿肩往两侧顺畅而下，与腰线到骨盆处向外那种圆弧状构图，有上下辉映之美，肩颈处微微看到锁骨，隐隐有一种风姿。像曲折幽深的花径，低调的张扬，是否"世界的本质就在于它有一种味道"？真是这样的，因为它携有无所不在的繁华。

黛玉的衣着在《红楼梦》里少有具体描写，世人似乎都喜欢她那灵性，我总觉得好像她的衣衫是没有颜色的，只是简洁的一种布，纤腰一搦，樱桃小口里吐出的尽是尖酸刻薄。《三国演义》里有一句歇后语：张飞绣花——粗中有股细劲。一种丝线，是一种情感，几种情感重叠在一起，就出了浪漫的效果。我记得外婆给我母亲留下一个肚兜，一枝并蒂莲缠绕着向上，在外婆的胸口开放得十分美丽。然而，在肚兜的最上方又绣着一个小人儿驾着一辆马车，通常图案叫"骅骝开道"，表示马车载了无数金银财宝进门。它绣在装钱的荷包上才对，可它停留在外婆的肚兜上。外婆早已驾鹤西去，没有人能告诉我。

我喜欢看绣在布和绸缎上的花花草草，但也只是喜欢看，说细了，其实就像读书一样读绣在上面的心情。寻常花草，日常物事，一些些逸出，一些些荫幽，一些些深情，一些些泅出的小颓废，花语心影，缱绻醉意。绣是养眼的物事呀，养心，养情，养命中的俗事。花瓣的质地，是用语言形容不来的。而它的鲜艳，我只好说它像花朵一样鲜艳。

绣有夕阳的寂静之味。往事在回忆里，有什么心事搁在心里了呢？是童年吗？我还记得端阳，妈妈为我做下的兜肚，一个香囊挂在上面，艾草味儿的香。如今妈妈已步入晚年。秋天了，光照得草地露珠烁烁。不要跟秋天说话，只看炕边、枕上、墙体吉祥的绣，有图必有意，有意必有吉祥。离尘世无比远，我忘了我是谁。那份心情炊烟般散散落落舒缓，一读一千年。好嘛！

现在城市里真正懂女红的不多了。偶见一两件上品，也是电脑制作出的。电脑绣品，仿佛毕加索草草勾勒出的草图，被人们期待憧憬的东西，多数怪异得遥远。好的绣品是拨动清水的手，一针一针扎出来的。我记得小时候有过一双扎花绣鞋，红绒底面，裹了黑斜纹布口边，带扣，小女孩的脚站在黄昏的底色里，大老远地就看见了鞋面上细碎的"梅"。洗净铅华的自然之美，多了一份野趣。那双绣鞋，后来给了表妹秋，秋穿了它继续在乡间走着，一路撒欢，仿佛秋天生命中的翠绿。

南方的女红和北方的女红有很大区别（原谅我，我说的女红只指丝线绣品，古典的）。南方叫刺绣，北方叫扎花。南方的绣品大都细腻温润。锦绣风景在一方绣床上，刺绣人脸上浮泛着一些暧昧。一块丝质的底布就这样在时间中一点一点地温柔起来。南方的刺绣有一种喧嚣世界的宁静韵致，贤淑得美丽，安逸得幸福，也让在外做事的男人，越发有了做事的感觉。正如对于以往温馨事件的渴望。儿女们在这种氛围中成长，个个都干净清爽，个个都俊秀飘逸。这都是南方女红真性情中恩养出来的。因此被恩养出来的男人,大都看上去很精明,而且精明中有一点挑剔的婉转,这也是观看女人的绣品时,咂摸出来的。嫣红姿影,春也罢,秋也罢,她不会为取悦俗世红尘而改变性情,任你蓄意也好,无意相逢也罢,顶多只给你满眼惊艳,自在轻飘地栖止,相知相惜。

北方的扎花就不一样了。南方的一个"刺"字是一种滋味,可北方的"扎"是一种"痛",这种痛从一开始就注定与生活情绪血肉相连。一个"扎"字可能是光明,是和煦的风儿,可能是咸如海水的苦。因此北方女人的扎花是俗世的,热情满怀。北方女人做女红不用绣床,连绣花绷子也不用,绣什么就在物件上扎什么。北方女人把一年两季的蚕茧卖掉,剩下那些煮了,抽出丝,用颜色染出黄绿蓝等,凉透后在指间缠绕成一把一把的小绺,粗细不均,珍藏在包袱里,用时拿出。

或一个肚兜,或一双鞋垫,或男人出门在外体己的钱夹,带着欢喜吉庆,大都花花绿绿,没有内敛的风格,对比鲜明,如北方女人的相思——要惦记,要相负,要呵护,要不惜一切争得。大红大绿是激情高亢,是恒久的期待,是乡间地垄上的日头,历经一生,拟无终极。被扎花扎出来的儿女们,感情也是大起大落,心灵坦诚而不虚伪,直出直入,挺胸拍肚十二分热情。因此,北方的好男人,大都质朴劲勇,趋险耐劳。社会上常有镖客拳技之勇,好讼轻生,呼朋引类,动辄拜兄,对女人也就多了份拳脚呵护。

北方的扎花色艳,活儿粗针大线,女人的笑容也是那种醍醐灌顶的爽,丝毫也不含蓄。更多的痕迹是那肥硕的体态偎在炕沿上,有一搭没一搭地闲聊,牡丹绣成了莲,绣的鸟看上去像鱼,总体看去是野性的,不拘一形一体,不随它意只应本心。

世界万物都没有再走回来的路,有些东西已经永远地不在世间了,美,除却被时间吞噬以外,真的再没有其他消耗的途径了吗?

喜欢老绣的人心里都有一种风气,那么就在衣饰上变化一些小格调吧。多年前读到作家茨威格的一句话:"所有生活的安定和秩序上最高成就的获得,都是以放弃为代价的。"事实上,不放弃,一定要把"民间"说道成一句"津津乐道"的成语。

辑二　窑里窑外

南下干部葛启顺

　　我的家族本不姓"葛"，从祖坟的墓碑上刻的姓氏看是姓"盖"。姓氏的过程得怨南下干部葛起顺。葛启顺是我爸葛成土的爸，我叫"爷爷"。当时大字不识一斗的爷爷被扩军扩走时，有军人问，你们家姓甚？爷爷很光荣地喊："盖!"（姓氏里盖念葛）那军人说，知道，姓"葛"，用毛笔工整写下要爷爷看，爷爷不敢看，只说："是。"战争过后，部队比较守规矩，往来信件一定要统一姓名，爷爷不能改档案，就一定要山神凹的"盖"姓改"葛"。一个"知道"断了"盖"姓家族的香火，从此"葛"姓在山西十里公社山神凹广延。

　　我对爷爷的认识一直是一张相片。我十七岁那年，爷爷回乡了。先是在长治市里住了一段时间。爸爸当时在长治市中医院烧锅炉，我上晋东南戏剧学校。记得是夏天，我在戏校的排练场化了装排练《断桥》一折，我演白蛇。等待锣鼓家什响的空当，我

75

看到排练场的窗户上,映现出我爸的脑袋,还有一张老汉的脸。排练结束后,我走到院子里,我爸说:"你爷爷。"早知道爷爷要回来,真回来了。我看着爷爷还有点不好意思。我爷爷夸我:"我孙女长得比世上的花好看。"我一直认为爷爷是在说瞎话,夸人太出格了叫人别扭。爷爷在市里住了一段时间后,正好我放暑假,我爸决定一起回乡下。回家前的头一天晚上,我爸的屋子里弥漫着一股汽油味儿。半夜醒来,只见我爸和爷爷蹲在地上,正把塑料壶里的汽油装进葡萄糖输液瓶子里,地上放了有十几个瓶子。

莫名其妙,我又缩回脑袋睡了。

第二天,要往车站走,我看见爷爷和我爸脱了上衣,我爸用纱布把装了汽油的葡萄糖瓶缠在爷爷的腰上,自己也缠了一圈,像一排子弹似的。爷爷穿不上自己的衣裳,捡了一件我爸秋天的半大风衣穿上,看上去有一点滑稽。去长途站的途中,我问了爷爷才知道,我爸是想带汽油回乡下卖大价钱,乡下的汽油比较紧缺。班车上不让携带易燃易爆品,只能偷缠在腰上。

黄昏,眼乱的时候回到山神凹,从腰间卸了汽油,已经有人来买了。我爸手里捏着钞票合不拢嘴,大约赚了有两倍还多。晚上,爷爷脱衣睡觉时发现躺不下,身上奇痒难忍,腰间出了许多水泡,密密麻麻,看上去叫人头皮发麻。油灯下,爷爷焦急地问我爸有没有水泡,我爸抬头纹都没皱,说:"光光的。"没有比我妈了解我爸的,我妈悄声儿和我说:"要光光的才叫日了怪。"

我琢磨这些话包含的意义，我大约知道，但我并没有准确找到含义。有多种猜想，每一种都让我不能准确找出其中况味，就像身体内部的血液，它的循环和输送、感应和嬗变，有着初生婴儿一样的灵敏。我爸和我爷爷让我知道了什么是血缘。我妈则告诉了我，有些真话不能讲，不讲真话叫——善意的谎言。

　　如今爸爸和爷爷都去了另一个地方。他们会在当空明月下远远地望着尘世中生活的我，望着尘土中劳碌的妈妈，那些来自天上的声音，那些来自天上的温暖，我爱他们，但是，我看不见他们的脸，只能在梦里，挡不住地念，又怎堪消受?!

黄昏的内窑

　　黄昏的风景是斑驳的。黄土地上的人生,是亲情的乳汁酿造的,尤其是在这内窑。

　　祖母是王月娥。尽管王月娥已在这个世界上走至很远,但是在我生命中,岁月如此辗转盘桓,光阴如此流逝嬗变,都无法更改王月娥就是我的祖母。

　　祖母在这个世界上活着的时候,没有人叫过她的名字。可是这么多年来,曾经在那一方土地生长的人却没有人不知道祖母。老辈人叫"老葛家里的",晚辈人叫"内窑婶",次晚辈人叫"奶"。这叫法的统一点就是指王月娥。

　　王月娥二十六岁上,二十岁的我的祖父葛启顺被扩军南下,王月娥就守了一眼土窑,眼睁睁活到了七十岁,四十四年间苦守寒窑。曾经有人力劝王月娥改嫁他乡,但终是苦心枉费。那种形式上的安抚又岂能均衡王月娥内心的失落……

开头儿，夜静的时候睡不着，王月娥坐起来想葛启顺走时的样子，自个儿傻笑。那都是光阴下的苦守寒窑啊！到后来，夜静的时候，她俯身像咬豆腐似的，咬自个儿的肉，疼得窒息了，夜却不动声色。再到后来，人上了年纪，早早烧热了炕团在炕上，听梁上的动静，一只老鼠倒挂在梁上，一窝老鼠在地上跑着耍闹，听着响儿反倒能睡个好觉。祖父一走再无音讯。天是到黑的时候黑了，到白的时候白了，黑白之间王月娥心里有个活物。

山神凹走出去回不来的人都有"光荣军属"的牌牌送回来，祖父没有。这就让祖母的眼神看上去像土窑窟窿里的老鼠一样，明亮而惊慌，令人陡生怜爱，却又怕人于一定距离之外。仲夏傍晚，王月娥穿了月白短袖布衫，双耳吊着滴水绿玉耳环，坐在内窑院的石板上走神。缕缕阳光透过枣树荫蓬的隙缝漏射下来，远远看去，神情恍惚的她就像一个无法企及的诱惑，甜蜜而又伤痛。男人的视觉在这时大体是相同的，二十岁与六十岁没有多大区别。葛姓本家族人暗恋上了侄子媳妇，终于在一个黄昏时分走进了内窑院，祖母发狠地喊了一声："你坏良心呀！你欺负弱小，小走得没音讯，大做下这种下作事，一把秃锄头你锄地锄到自家人身上，你今儿等不得明儿你就要死呀！"事情到底因辈分的节制没有弄出大的举动。可时令已入三伏，满山的山丹丹在风中闪闪地耀出了大片嫣红。

难得王月娥年华如梦却能心静如水。她因传统而忠心于祖父,她因本分而体恤关心族人,从未滋生杂芜之念。内窑院的枣树蓬勃着朝气和骚动。青石铺就的石板地却浑然冷冷。这冷冷中就有了那么一丝微妙的季节性悸动。那恰是"文革"的脚步踏踏来临之前。在接踵而来的潮流中,大风席卷了中央之国的角角落落,红颜薄命的王月娥竟也不能绕过。于是,在这场偶然与独特并存的浩劫中,历史执拗地把王月娥切入了主题。

曾经的王月娥是地主的小妾。荒山沟里的小地主既无万顷良田,也不敢为非作歹,最多娶一半房小妾。葛启顺当时是地主家里的短工,进进出出在不同季节里和王月娥有了仔细的照面。最长的一次照面是土改前夕。那一年熬豆腐,葛启顺来帮工。熬浆熬到了一定火候,葛启顺进房端浆水,问题就出在了葛启顺看见了冬日暖炕上王月娥雪白一片。屋外喊塌天了,屋内的倒骇异地看得出神入化了。那一年的豆腐据说因祖父的憨胆点老了,但祖父也仅用二斗玉菱从地主家换回了王月娥。这就让王月娥在最为动荡的日子里受了一些委屈。

1966 年,国家最权威的报纸发表社论,"横扫一切牛鬼蛇神",它的目标是改造人的灵魂。山神凹虽处贫穷僻远的深山,而革命热潮则是"四海翻腾云水怒"。因为一些无法猜测的原因,一些乡村的红卫兵把王月娥叫到请示台前定罪。红卫兵说:"无产阶级文化大革命,就是要抓挖社会主义墙根的典型。内窑院的,因历史问题,你就算一个。"王月娥说:"社会主义是甚? 山高皇帝远,借了胆,我也不敢。"红卫兵说:"你仇视社会主义,你是反革命大破鞋!"王月娥抬起头神经质地断然否认:"不敢。""哪敢。"红烈的阳光把王月娥晒得如妖儿一般,楚楚动人。王月娥想:我一生从没得罪过人,咋好端儿被人黑杀了,这世道真是要坏规矩了……

这世道本就没有一定之规、一定之形的,水把山开成石,把石揉成沙,云乘风生意,水随地赋形,规矩是甚?野花绣地。王月娥在请示台前早晚汇报了半年有余,红卫兵开始了内乱弃她而去,与往日岁月的不同处是,她接下来的日子活得生硬而苦涩。

岁月辗转中老了王月娥,不老的是她的记忆。鬓染银丝的王月娥翻出日伪时葛启顺一张泛黄的良民证,手微微颤抖了几下,然后又轻轻折起,压在了箱底。尽管那照片已经褪色又有许多深深折痕,但王月娥对它倾注的感情,却如石下清泉。

有一个春天,终于从公社邮递员的手里接到了南方的信函,落款是"内窑院启"。王月娥的名字都省略了。字里行间仅是对他年已半百的儿子问候,只字未提王月娥。王月娥想:不管吧,儿是连心肉,只要葛启顺还活着,就有我王月娥的一天。

是等那归无定期的一天吗?

内窑院的枣树高大而繁茂,盘曲错纠的枝节伸向青冥的天空。王月娥拉着长长的麻绳把三寸长的鞋底纳得细密、匀实。灰蓝色的外罩把一头白发衬得如一幅水墨写意,看上去有一种与世隔绝的雅致。有晚辈惊异地说，内窑婶怕要成精了，七十岁还纳鞋底。王月娥抬头笑笑，用豁了牙的嘴捋捋绳子，一针一针纳得瓷实。

王月娥在等那被遗忘了的一刻的到来。1980年，葛启顺老大归乡领着后娶夫人，回到了他离别近半个世纪的故乡。美人迟暮的王月娥与这位夫人比起来就少了一些韵味。南方的小女人体态盈盈，一回北方就吵着要走，离心离肺的。择了吉日，祖父回到了他的出生地。在走进内窑时，王月娥正靠着炕沿捻羊毛，就只刹那，王月娥抬起头时已是泪满双襟了。祖父说："解放战争打完，我就在南方成家了。"王月娥含泪点头。祖父对那女人说："该叫姐姐。"那女人说："姐姐，用揩脸帕把脸揩揩。"祖父说："她要你用毛巾擦净眼泪。"祖母王月娥一脸悲戚。几十年了，擦不擦吧，擦来擦去都一样的痛。王月娥含着泪说："成家了好，一个男人不成家，道理就说不过去。"祖父说："你一个人能把日子活过来，要我怎么说好。"王月娥："没啥，眨眼就到现在了，到底是我守在山神凹，你在外，出门在外你不是闲人，你是为国家当兵打仗啊。"

王月娥在祖父再次远走他乡半月之后，终于倒在了内窑院的土炕上。王月娥说："四十四年了，我找到了活水源头。"祖父临走时的话还在她耳边萦绕："我死后把骨灰送来与你合葬。"一个活物，一句活话，是对内心深处埋藏的人生悲苦的生命祝福之念吗？

还是姻缘变幻得不悔不忧？为了等老死他乡的祖父再次回乡，祖母做了许多准备，有时候甚至嫌日子走得慢，日子把人的一辈子过完了，到死，总算要拼凑成人家了。她用祖父留给她的钱打了坟地，坟在隔河的山嘴上，朝阳。她要打坟的人留个口子，夜静的时候她把一些庄稼人用的物件放进去，锅啊，盆啊，缸啊的，大件的搬不动，她就像滚球似的滚着它走。有一天夜里，她滚着一口缸过河的时候，摔了一跤，骨折了，山神凹人才知道她在忙活地下的窑洞。下不了地，心急，人瘦得和相片似的，望着进来看她的人就说以前的祖父，人们也都跟着她的话头说以前的祖父。想来，祖父在她的记忆里被扩大了，稍动一点心思，面容就浮现不已。

春日和风使枣树抽枝开花，秋日萧飒使枣儿泛红透甜，一样的时空流变中，美丽的景致就这样保持了一生预约的守候。

王月娥，我的祖母。当我以一种过早到来的苍老目光悲哀地看过了三十年时，三十年前活着的你——可知日月与你几近遥远了！

窑里的乡下男人

我一直感觉在某一个黄昏或上午,我爸会背着一个帆布行囊远足而来,会用他憨厚的影子堵住正门的光线,那时有一个很不能概括的念想:我们家的乡下男人进城来了。

我忍不住遥想当时形貌,居然有那么几分近而远的缘由,但我明白,我爸是永远住在乡下了。

每年的清明这一天,无论刮风下雨,我都要回乡上坟。说是坟,其实只是一眼废弃的窑洞,在山神凹后山的黄土崖下。十年了,我爸很安分地在等活着的我妈。老家有个不成文的规矩,夫妻一场先走的人一定要放在一个地方,等在世的人。那一口玫红棺木横放着,我爸装殓在里面平躺着,成为一个戛然而止、无法再继续坐起来或站起来的存在。

我爸有个绰号叫"跑毛蛋"(意指对生活不负责的人),是我妈嫁过来时听凹里人穿我爸的小鞋讲下的。生米做了熟饭,我妈

84

是自己上了驴叫我爸驮来的,有苦说不得。那时的我爸在太原西山煤矿下窑,人称"下窑汉"。我妈嫁过来不久,因井下塌方,俗世的我爸脑袋冒出泥地的一刹那决定逃生,黑炭一样逃回老家。前后走了不到一个月,我妈开始和我爸生气。

这气一生就是一辈子。我记得我生第一个孩子时回老家坐月子,妈和爸吵,吵得我大声喊:"离婚吧!"片刻后我爸嬉皮笑脸说:"还不到离婚那步。"我说:"爸,你怎么在这家里熬的?"我爸想了想说:"你知道啥,我在你妈跟前还没有小学毕业,还得熬。"

这里我不得不说我的爷爷。爷爷是远一些年扩军被扩走的土八路,后来得益战争的最后胜利,身份转成了南下干部。正遇荒年,跟爷爷失去音信的奶奶无法养活我爸,作为对丈夫的报复,奶奶想把我爸丢在山里让狼吃了。是小爷从山里找回我爸的。我爸的一生便是依靠几位叔伯爷爷的呵护成长起来的。正因为有了这样的背景,我爸因山性而长成"三不管"式的人物,即:小队管不住,大队管不了,公社够不上管。

山神凹没什么风景,有山,有人住的和羊住的窑。羊住的窑比人住的窑大,因羊多而人少。羊多,族人便穿生羊毛裤、生羊毛衣。我爸因此而会织毛衣。逢年过节家穷买不起鞭炮,我爸领人到山和山的对顶上甩鞭。用牛皮辫成的长鞭一甩,因山高人少,回声也大,脆生生漫过村庄直铺天边。天边并不能看真,生生的,凝成千百年一气,鞭声滚滚滔滔跌宕过来,山里人激动地跑出窑,

85

那鞭笞天宇的响声,能把人的心吞得干干净净。这种甩鞭和赛鞭,要延续到正月十五。正月十五过后,老家的山上没什么内容,赤条条地与荒漠的群山对峙。荒山沟里,我爸开始了他生长期的旺盛。

我爸是一个高智商的人(用现代的话说)。他不太懂音乐,夏天打一条蛇,从马尾上剪一缕马尾,再从大队的仓库里偷一段竹节,三鼓捣两鼓捣,一把二胡从他手上就流出了音乐。我爸不懂宫、商、角、徵、羽,更别说现在的哆唻咪了。窑中一盏豆油灯,我爸擦一把脸,憨厚地笑一下,挽起袖子,从窑墙上取下二胡,里外弦一扯,就这几下动作,已有人对我爸手头这把民族乐器投来羡慕的目光。而真正的艺术,在我爸的手上,还没有扯开弓拉出声响。

我爸的毛笔字写得不错,不是那种龙飞凤舞的,而是一溜儿正楷。我爸的出名好像不仅是这些,从小掏鸟蛋,大一点抓蛇,再大一点摸鳖。他一上午能摸一木桶鳖,用铁锅煮了让光棍汉们一起吃。他说,现在人吃鳖,口口声声说大补——狗屁!我吃一辈子鳖,把十里河的鳖快吃完了,也没补出名堂。十里河的鳖从我爸开始吃后,一年比一年少,与我爸关系重大。我爸玩蛇能把蛇玩出神话,让它走它才敢走。玩过的蛇,我爸从不打死。我至今不清楚这种吐纳百毒的长虫,为什么在我爸的手里如此服帖。那个年代,我爸的故事频繁。那是个没有法制的年代,强悍与苦难会合让我爸野出了风格。我妈常说:"早知道你这样,我嫁给好人家也不来你这沟里。"我爸总是看着我和我妈说:"你带着拖油瓶,上哪儿嫁好人家?来沟里就算你享福了。"

我个人认为,其实男人们都很不错,关键是派什么样的一个女人去制服他。山神凹的人常说一句话:"成土(我父亲)生生叫冬棉制服了。"

我从我爸身上学到许多达观的东西。他的诚恳和逼真以及来自大自然野性的浪漫,在我身上不时起着化学反应,以至在我最痛苦的日子里,还幻想着一种痛苦的美丽。这有我爸言传身教的风范。我爸多半不会在痛苦面前洒泪悲叹、寻死觅活。他的思想散漫得很阔,人生道路也铺展得很广。他像《水浒传》里的一百单"九"将,该出手时比谁都出手快。路见不平,拳脚相助。在他五十五岁时,三十岁的我还得陪他到几十里之外的柿庄乡派出所交罚款,因为他打架。我爸在中年以后把兴趣逐步转向狩猎和打鱼。记得有一年夏天黄昏,我爸不知从哪儿偷来一个夜壶,趁天黑装了炸药,五更天叫我起床,骑嘉陵摩托车带着我翻山到另一个县。一路风驰电掣后,摩托车停在山脚下。我和我爸潜入就近村庄的鱼塘。见他点了雷管使了老劲儿抡圆了胳膊把夜壶扔进鱼池,接着冲天一声响,随着"哗啦"一声,鱼塘掀翻了。等水花落下,我看见鱼翻着肚皮漂满了水面。我吓坏了,我爸却高兴得大喊:"发财了!"忙活着张开渔网准备打捞时,村里的叫喊声朝着这边鱼塘来了。我爸来不及捞鱼,拉着我的手抬脚就跑。我不敢往后看,大口喘着气,跑到摩托车跟前说不上话来,喘气声把喉咙都拉伤了。

我爸于1996年得病。那年的正月初九,我爸从乡下给我打来电话,说自己怕是病来了,来得不轻。因他一贯孩子似的作风,让我忽视了他非常时期的真实。我又以非常含糊的感觉很自然地等到正月十一。那天回乡后,我看到我爸在麻将桌上鏖战,胸口上顶着一根木头,木头另一端抵着桌沿,为了止胃疼。我想哭。我要我爸走,他坚决不走,说要把四圈打完。我知道他输钱了。在乡人劝说下,我爸很是不情愿地离开了麻将桌。

回到城里,一连串的检查,证明我爸是胃癌,晚期。

我说不出一句话,一句话也说不出;我爸吃不下一口饭,一口饭也吃不下。我知道,我爸气数尽了。我告诉他是胃癌,晚期。我爸难过了一下便笑了,说:“我说嘛,不吃一口饭,雷锋还讲,人不吃饭不行,就不吃饭不行。一辈子就算完了。”我说:“以后怎么打算?”我爸说:“打算什么?父死之后见人磕头。”我说:“就女儿一人,怕忙不过来,想将来火化了。”我爸不语。三天后我爸说:“水,千好万好烧了爸爸就不好。你想想,我走了,活人的嘴脸要骂你,骂你把爸烧了,你愿意不落好名声?”我爸讲此话时一脸坏笑。

我是三月初三开车送我爸回老家的。沿途我买好了木板,回老家后叫了木匠赶做了棺材。偷偷地,我在做好的棺材里躺下,试了试身长。我站在我爸身边不语,我爸说:"有话要说?"我告诉他:"大小正好。"我爸说:"躺下试了?"我说:"试了。"我爸说:"把它漆成红色。"我在寿棺大头写了"寿"字。因我字写得不好,远看近看都像个草书"春"。我和我爸说:"坏事了,把'寿'字写成'春'了。"我爸说:"还寿什么?你爸的寿已尽。春就春,春天生,春天终。"因为我爸生于1937年农历四月十五。

我爸说:"死后把我放在一个干燥的窑内,等你妈百年后一起下葬。死后多烧点冥钱,才学着打麻将,老输,那边的钱在这边可便宜买到。你写文章的人,爸爸知道你辛苦,对我这件事你千万别太寒酸,寒酸了叫那边的人笑话你,写文章供不起你爸打麻将。那可就不是笑话我啊!"

我哭着说:"爸,怎么两边都是笑话我呀?"

爸说:"闺女呀,我死了呀。"

1996年三月初十晚上,我爸拉着我的手说:"闺女,我来世做牛做马报你对我的恩情。"

我说:"爸,来生我们做亲父女。"

我爸哭不出来,从鼻孔流出清鼻涕,眼睛死死盯着我:"近跟前来,跟你说句悄悄话儿。"我近到他嘴跟前,他小声说:"你能不能把你的存款都贡献出来,给爸找点不死的药?"

我闪开了,哭着说:"爸,钱买不来命,毛主席都死了。"

我爸半天后说:"瞅你那哭相,难看死了。我是试探你对我有多好。我能不知道,和毛主席比,我不敌他老人家小拇指盖大。"

我不语,泪像河一样。

农历三月十一上午八点十分,我看到我爸长出了一口气,又长出了一口,没回气,我爸的眼睛就闭上了。

农历三月十三,我把我爸放置在山神凹后的羊窑内。我告慰我爸,窑内放得下十桌麻将。我给我爸烧了四麻袋张张是亿元的纸钱。活着时,我曾对我爸说,无论那边怎样情形,都要托梦给我,我好给你打点打点。

至今梦中出现的还没有我爸的影子。

父亲,你会在午后的暖阳下,斜靠在我家门扉前欣悦地凝视我吗? 你这如此野性的城里上班的乡下男人,现在躲在老家哪道山褶子里贪玩?

秋苗和石碾磙干大

为了我的成长,我妈把我许给了一个石碾磙做干女儿。

那个石碾磙竖在一棵长了百年的杨树下,树空心了,夏天的时候有蛇出入,但是,伸向天空的树枝还有绿叶长出来,也还有绿荫罩下来。村庄的人们端了洋瓷碗,在杨树下吃午饭或者晚饭,主要的内容是聊天。我们几个孩子靠在石碾磙上听他们讲一些村庄发生的稀奇事情,一边听一边用线绳来来回回翻各种图案的"抄手"。大人们讲到激动处,有人就想把我们赶走,想坐在石碾磙上稳住身子尽兴听。有人就和我们说:"哪有屁股坐干大的道理?"我们就散开来,那人就坐上去。我是给石碾磙烧过香,也磕过头的,原因是我妈只生了我一个,怕我长不成人。

那个年月,村庄的孩子常常把自己许给一棵树、一条河或一块石头,乡下人相信自然的力量比人大,也相信人是永远改变不了自然的;把孩子许给它们,这个孩子就活成人了。

我每年生日那天早上都要给石碾碾干大烧香许愿。我认碾碾做干大的那年七岁，之前发生了一件事。快过年了，年前的腊月里有一天是吃炒节，就是把豆子、玉茭炒熟了，吃时拌了蜂蜜放到碗里，农村人叫"吃甜"，大概是希望日子一年比一年越过越甜吧。吃炒节这一天白天，家家户户都要到河滩上取沙。取回沙，忙着从自己屋子拿了金皇后玉米换别人家的小粒种。金皇后玉米炒出来粒大不好吃，但是丰产。有过日子细致的人家在山坡地种了小粒种，谁家有，村上的人也都知道。换了回来村路上撞见了打个招呼："换上糙玉茭(小粒种的乡下叫法)了？"

　　开始点炒炒时，一般要等到天黑。头一天晚上我的同桌秋苗和我讲："我有二两粮票五分钱，够买一个甜火烧，你回家和你妈要，你妈是老师，有钱。要了钱咱俩往公社买火烧去。"我们是第二天一大早怀揣着二两粮票五分钱，从我妈教书的村庄郭北沟出发的，走到十里公社不到中午。我们各自买了一个糖火烧，不舍得吃，先是吃了半个。刚出炉的火烧不经吃。大冷天，我们俩把火烧放在河滩的石头上等火烧冻实，等它包着的红糖硬了，我们收起装进口袋，一路摸着火烧往回走。路上肚子饿得咕咕叫，也不舍得掏出来下狠口，只是用指甲掐豆粒大往嘴里放，是把火烧含化了的那种吃法。走到郭北沟村的小河滩上，天黑下来，冬天的天本来就黑得早。秋苗问我吃完了没有，我说还有一块。她说，她也是。我们把最后一块火烧团成一团，放在手心里比谁的大,显然秋苗的火烧比我的大。她高兴地说:"我比你的大!"然后,我羡慕地看着她先放进嘴里,然后,我也放进了嘴里,两个人迎着风,抿着嘴等它在嘴里慢慢化开。它总是化得很快。

河滩上正好是山的风口。我们一路上跑得汗水把棉袄都洇透了,我们俩在风口上等最后一块火烧化掉的时候,山里的风把我们身上的汗忽而又吹干了,棉袄还湿着,像一坨子冰一样贴着脊背。秋苗说她冷得要命。我们拉着手往村上走。村里有大院子的支着铁锅,玉茭和豆子炒上了,香味也出来了,我们等着吃炒好的玉茭和豆子,疯到后半夜才回家睡觉。

秋苗妈第二天来学校问我和秋苗昨天都去哪里了,我才知道秋苗重感冒高烧不退。隔了一天,傍晚的时候,秋苗死了。我都没来得及见她最后一面。当时,村里人说秋苗在公社的路上撞见鬼了。我不知道鬼是啥样,也想不出是在哪段路上撞见的,想哭,一直也哭不出来。秋苗人小,不够一个棺材,家人钉了个木匣子,把她埋在了半山腰。

我妈很害怕,觉得事情太邪乎,要是我撞见鬼了,而不是秋苗,她这一辈子就没有闺女了。我妈本来不迷信,第二年我妈调到了十里公社范庄大队王庄村,看到有人家给孩子请石碾�做干大,就让我也认了一个。

我认了石碾�干大后,每年都要给它烧香。开始的时候是我妈替我许愿,许愿我活成一个人就行;后来我自己烧香,想不起来要和干大说啥话,跪着空烧香。我妈是教师,喜欢什么事情都要问结果。她总是问我:"你求石碾碡干大保佑你什么了?"我随口说:"求它会说话。"我妈就拽着我的小辫儿说:"你怎么就不求它保佑你学习好呢?"我学习不好,尤其是算术。但是,我真的什么也没有求,我觉得我妈的欲望在膨胀。我那时根本就不知道什么是理想,对未来,书本上已经告诉我了:要在二十世纪末实现四个现代化。书本半圆着我的共产主义梦想。我耐心等我妈五年后交流到另一个村庄教学,那样我就不烧香了。我妈在范庄教书教了九年,我长成大闺女了,人也很结实,思想认识逐步改变,慢慢地就不给石碾碡干大烧香了。

我把这一段事写出来,是因为村庄给我的记忆太深了,人和事和村庄的气息民风民俗,我的玩伴秋苗,我的石碾碡干大,越往岁月的深里长,我越是忘不掉。

痴情的小厌物和它寄生的爷

　　起富是山西沁水十里乡大坪沟生产队山神凹小队的一位农民，是我的小爷。我爷爷当兵南下走时，把我父亲托付给了起富和另外一位三爷，要他们好生关照，也就是说我父亲是跟着起富和三爷长大的。三爷有儿，起富孤苦一人，父亲相对和起富好，在有些事情上如同亲生。起富在那一年九月去世，去世时七十三岁。起富去世后，山神凹生产小队的男女老幼都高兴。那一种高兴是发自内心的，人们的脸上虽然有泪流下，但是泪蛋蛋上挂着很是明显的喜悦。起富不想死。没有办法，时间冷不丁就给了他一个吆喝："走啊！"

　　就这样。起富就安然了。

　　起富一生孤独，无后，也无妻。"能吃在嘴里一口，就是福。"起富说。山神凹生产队的男女老幼怕起富在临梢末了落个瘫症。那样，人就遭罪了。起富也怕。他说："十里岭的根保死了，三天

95

没人知道,我上岭去看,发现他的肚还在动。我就想,人到底还有一口气,还有救。我拿手摸根保的肚,就见出溜一下,一只老鼠从裤口上蹿出去。根保的肚上被老鼠咬了个洞。你说说老鼠,养你几代,养你最后吃人了。"

起富说起此事时,脸上透出一股寒气。

起富年轻的时候也成过家,但是,水浅养不住王八,媳妇跟人跑了。起富说:"水浅王八多,有的是良机。"——可是良机错失了。

1958年,从河南来了三个人:一个女人带着两个男孩。女人说,河南的大锅饭吃不饱,来山西想顾个嘴。男人死了,谁收留我娘仨儿,谁就是孩子他爹。生产队有人把他们领到起富的窑洞,起富算计了一下三张嘴的进出,把头摇得像拨浪鼓。女人哭着走了。生产队长王胖孩说:"起富啊,羊窑终究不是长久之地,准备得了。"这话有来头,听生产队的大人们说,起富在他的羊窑内常和村里的一个女人幽会。起富炫耀地说:"羊屎的吧嗒声,就像是雨天里窑洞的滴漏,有那么多双羊眼睛看着我,劲头才足。"王胖孩说:"日你娘,有你劲头才足的日子。"

后来,良机再也没有出现。

起富一直放羊,一开始是给生产队放,后来给自己放。每日的生活安排是:窑洞——羊窑——山上——返回来。日子没有多大起伏。起富后来把羊卖了,开了一点自留地,种了些烟叶,秋天以后把烟叶搓成烟卷,卖一部分,留一部分,卖出去的换一些油盐。酱醋,起富是不买的,自己做。我见过起富做酱,把面沤烂,晒干,放进一个罐子里,添了水放火台上等发酵。那酱算不得好,但是,可以让白水煮菜中有一些颜色。

我记得有一年,我父亲让我回老家和起富过年。我十四岁,摇晃着从山垴上走进起富的窑洞时,起富说:"就你?"我说:"啊。"起富说:"啊屁,我还得伺候你,知道不?"我说:"不用,我要让你过一个美年。"一副小大人的嘴脸。我把给起富割的五斤肉拿出来,切丝炒熟了放进一个瓷缸里。肉香引来了村里人,这样都知成土(我父亲叫成土)的闺女回来和起富过年了。起富的嘴像被弹簧撑开了似的,一边舀了半碗肉,口齿生香地呱唧呱唧嚼着,一边在众人面前说着成土的好。起富说:"成土比亲儿都好,过年把独生闺女打发回老家和我过年,还割了肉。城市里的猪到底膘厚,不像咱农村的猪,膘瘦,整天喝刷锅水,光涮肠不长膘。"众人的眼睛就齐刷刷看着我,同时也看着碗里的肉。我就有了一种想表现的欲望。看到起富脱下来的衣服,我说我来洗吧。起富说:"你去后河提一篮子沙回来。"沙提回来后,起富把沙子放在那口炒肉锅里,添了柴翻炒。黄沙腾起一股烟时,起富把锅端下来,把沙子装进衣袖和裤腿里,用脸盆扣住衣服闷起来。

当村里人问我一些城里的事情时,我就听到脸盆里有豆裂的声音传出来。就听村人对起富说:"咋不早炒,年头二十八了想早

97

听响儿啊,不怕成土的闺女笑话。"起富说:"笑话？几千年了,就这东西好和人亲近,行不离缝,动不出裆,真是让我打发了许多好日子。"

我才知道起富在用沙闷虱子。我终于明白了我父亲为什么不回来,因为我母亲嫌起富脏。我是自告奋勇要回来的,这怨不得谁。我下定决心把脸盆掀开了,有一股泅麻味冲出来,我把起富的衣服取出时,看到衣缝上呈现出一种亮眼的白,我身上的鸡皮疙瘩立马就鼓了出来。

我有一种孤军奋战的感觉。在山神凹后河的泉水里,我看到那些虱子圆圆的,泛着红色的光,一粒一粒儿随着清清的泉水流向了远方。我想起一个谜语:"有皮无毛一只虎,生在河南开封府,涿州城里犯下罪,死在山东济南府。"看着它们,我开始快乐起来。

我要做的第二件事情是洗锅。在泉水的出水处,我把锅洗了一遍又一遍,最后端了一锅泉水回到窑洞。当时一窑人看着我,我从石板院中走到窑门口时,就听见有几个上了年岁的女人说:"从小看大,这闺女行。"我的心当时就美好了起来,突然感觉了虱子的可爱。听起富说:"累坏我水水啦!"有一片附和声响起:"快不要再累了水水。"

我记得有一年,我父亲带着我的孩子要回老家陪起富过年,临走前,父亲说要买年画,贴在起富的窑内。我随手从一堆过期

98

的挂历中抽出几本带上。谁知道是清一色的泳装美女照,这一下就有了效果,村里男女老少都往起富的窑里跑,满窑的倩女横着竖着红红绿绿,满窑的风情。多少年了,女人终于走进了起富的窑洞。

起富有两件事成了心事,这两件事曾经让起富以为是自己前世修来的福报。

第一件事是起富的老相好有个闺女认亲给了他,也就是干亲。闺女嫁给了外村,父母过世后就把起富当成了自己的长辈,逢年过节来给起富拾掇家。天不随人愿,先是干闺女坐三轮车翻沟了。起富哭了很长时间,已经不干队长的王胖孩对我父亲说:"起富哭闺女,哭着哭着就哭起羊窑的事了,说,天长眼睛地长心,羊窑里长成咱俩的情儿,你前走我后走,前后都留下了羊窑的影儿。哭的人真叫个难过。"

再一个就是我父亲成土。父亲也先起富而去。当时计划是要火葬的,起富听说后从老家来指着我的鼻子说:"你要敢把我儿成土烧了,你就是天底下的大不孝。"我当时的脸皮是黄刮刮的,俩眼瞪着起富。起富说:"看什么! 是土里长出来的就得回土里去,你敢不让我儿成土成土?"我说:"谁敢不让你儿成土成土! 父亲走时念叨,小叔,没想到我比你要走得快。我放心不下的就是你,老弟兄四个就剩你一个了,你要进城里住,不然将来怎么办? 我是管不了你了,我要早走一步了,早走一步对你不是好事啊……"起富说:"我这一辈子还会有好事?"然后倒吸一口鼻涕,呜呜地哭了起来。

起富在我父亲去世后又过了一个年。那一年的窑洞里灰冷冷的,起富的心事很重,他穿着我给他织的毛衣,在炕头上一袋一袋地抽烟,不时地从上衣里摸一个虱子出来,在火台上挤一下,那声音倒有一丝生气。起富说:"这毛衣不舒服,尽藏虱子,还抠不出来,像蜂窝。"我爬过去在毛衣上翻看,就看见虱子的屁股或脑袋露着,我把它们找出来,一粒一粒地扔进火炉,就听得"噗、噗"的响声。起富说:"这东西寒碜啊!"我说:"毛主席在延安的窑洞里和外国人坐着时,就一边在裤腰上找虱子一边和人家说话,外国人不仅不觉得寒碜,还觉得毛主席真是一个了不得的人物。"起富停下了抽烟,过了一会儿他说:"我以为,穷人长虱,贵人长疮呢!"

起富于那年九月去世。去世前几个月身体还行,就因为看到窑垴上有一棵柿子树,柿子树上遗留了几个柿子,嘴馋得想摘下来,结果从树上掉下来,左腿小腿骨折了。我回去看他时,他的腿肿了老粗,脚也不能穿鞋,趿拉着鞋,在地上拄了棍走。我说:"和我回城里吧?"起富说:"不。"我说:"这不是个办法,我们走了,你吃水都困难!"起富说:"真要不行的时候我也想办法的。"

起富最后死时是一点办法没有,在炕上躺着,村里的人轮流给他送饭,正是农忙季节,时间一长人们就厌烦了,就想:起富,你早一些上路吧！

　　起富在傍晚还有阳光的时候走了。有人看见他长出了一口气，又一口，没有见回气，起富的眼睛随即暗了下来。那人后来和我说："起富活人算是完了。"

　　起富这个名字是算卦人起的，说是这孩子命孤独，就叫"起富"，给他补命吧。最后也没有把命补富。农村里像起富这样的鳏寡老人现在还有，有的是有儿有女不养老人，有的是无儿无女，他们对老年的幸福就如同隔着窄门望星空——太遥远了。

　　若干年后，关于起富的一些记忆，不知道还有多少乡人会记得。他这一辈子太简单，能想起的人怕也不多。

一个人的村庄

村庄里一些石头房已经少了屋顶,少了屋顶的房子等于是张口要说话了。没有人能够听得懂,它的声音遭逢着时日磨洗,已经浑然不清了。村庄叫:黑山背。

黑山背还住着一户人家。进山的路停滞在此,可看到石头垒墙的屋,石板铺地的院,一个黑衣黑裤的老人坐在院边的条石上,手里端着搪瓷茶缸,茶缸上模糊着一行字"为人民服务",一双黑皮粗糙的手捧着茶缸,水汽缭绕着他的鼻尖,一双浑浊的眼睛眯着,不时抬头望向村路。一条黑狗似乎感觉到了什么,突然出溜一下蹿上了对面屋顶,狂吠着,有一股狠气在吠声中弥漫。

因了常年雨水零落,进村的路有杂草茂密地滋生,细细的路藏在此中。有什么晃动了一下,似乎停下了脚步也望着这边,有几分不舍和无奈。老人的耳朵已经聋了,浑浊的眼睛可望远,但也望不见远处进村路。黑狗嘴里一呼一呼的,耳朵随着呼出的气

102

息一激灵一激灵地扇动,脑袋越发昂扬起来,随时准备射出自己的身子。老人无话,没有多余的人可说话,除了和狗。阳光停留在黑山背上空,沟沟岔岔铺满了绿,山是庞大的,大地是宏阔的,黑山背让两种伟大之物相互融合与依托,老人是它们之间填充的卑微的物。真是一个毫无瑕疵的世界,自然,美好。偶尔的狗叫声是时间些许的松动,高远处渐渐洇开的浅灰里有一群鸟飞过来,老人喉结上下滚动了一下,口水咽下去,鸟从头顶飞过。日子庸常得很。老人是黑山背的螺钉,紧拧着黑厚的泥土,他知道泥土中暗藏着凶器,凶器时不时走近他,他偶尔被刺到被伤害。可最怕凶器的,不是皮肉,是比皮肉更柔软的东西——村庄消失。

老人叫郭怀。

郭怀在黑山背住了三十年。三十年前,他四十多岁时从外地迁来。原来的黑山背有十几户人,大小人口六十多,一天的时间不够忙乱,鸡飞狗跳,人声嘈杂。因为黑山背是靠山而建,所有人家都是石头房,高低错落,屋后人很可能把前屋的屋顶当作自己的院子,热闹起来,屋顶上是黑山背人的饭场地,屋下的人坐到自家院边仰起头来聊天,话头像长流水似的,在高高矮矮的房子和院落中来来回回穿梭。谁家的屋顶上没有过几回凌乱的笑声呢?一条河在黑山背下流过,河叫"小河"。不知什么时候,河水卷走了黑山背那些笑声,那些笑声仿佛还在枝头坠着。

黑山背四周长满了香椿树,一些野花开着,河水流出哗哗的声音,阳光明晃晃的,那些青草在能生长的地方冒出绿来,可以闻到草香。草香是黑山背唯一的香。

黑山背所有塌落的和没有塌落的屋门上都贴着红红的对联,有的写着:惜花春起早,爱月夜眠迟。有的写着:明月松间照,春风柳上归。郭怀家的屋门上写着:向阳门第春常在,积善人家庆有余。这些对联都是郭怀贴上去的。只要村庄有一个人在,黑山背就得有个村庄的样子。郭怀起身泼掉茶缸里的水,走到柴火堆前抽出一根柴,要生火做饭了。斑驳的石头墙上生出了一大片苔藓,苔藓衬出他苍老的影子。他长叹了一声说:我吃饭是为了好生出力气来死啊!

黑狗突然跃上一户屋顶,似不解气,冲着进村的细路狂奔而去。黑狗飞奔而去时,草丛中的小动物迅疾不见了身影。

黑山背的天空不是黑下来的,是蓝,深蓝,黑蓝,然后蓝黑了。天空布满了星星,一个半圆的月亮吊在那里,石头砌出的房子在月明下幽暗闪亮,仿佛不是普通石头,是花岗岩,是汉白玉。一只白色的猫在一所石头屋前看着什么叫着。郭怀走近它,从口袋里掏出一块红薯,放在屋前的粗瓷老碗里。白猫眼睛深情地望着他。郭怀蹲下身子,他突然感觉到了冷。白猫是黑山背人留下和他搭伴过日子的,走往山外的人说:“猫留给你,叫它和你做个伴儿。”

他和白猫说:星星和明月都在天空呢。你看看我满是皱纹的

104

脸。这黑夜啊,干净得像一碗水,让人心难过呢。

白猫喵喵叫两声,猫最喜欢的食物就是红薯。

郭怀起身打着手电往别的屋子里去,塌落了的屋子能望见天。走进去和走出来,郭怀都熟络得很。一院一院走,黑粘在墙壁上,他抚摸着黑,回想着,这屋子的顶是一场雨淋塌的。一场雨下了一星期,他一直在屋子里没有出门,出门时发现黑山背的屋子塌了好几户。一点响声都没有,好几处屋子。那场雨过后,他就坐在自己家的院边上流泪。身体中似乎还有血性在涌动,他走近那些塌落的屋前,毫无例外地感受到了伤害,他想吵架,大张着嘴,没有对手。

黑山背的人走出山外似乎也是一夜之间的事情。走出黑山背是社会大背景,自己的两个儿子也走了。郭怀不走,坚决不走。有一天他突然发现黑山背只剩下了几个老人,少了许多瞪眼、跺脚的年轻人,记忆中好几次想听到他们没办法活下去又回到黑山背来的消息,可是黑黝黝的夜里那消息走失了似的,年轻人怕是再都不回来了,余下的日子只能一个人想象了。那些笼罩着童真的顽皮和胡闹的"恶作剧",再也听不见骨关节落在头上的梆梆声了。人这一辈子发愤图强就是为了背井离乡呀。终于有一天,黑山背走得只剩下了郭怀。

透过窗玻璃望黑漆漆的远山,眉似的下弦月,远了,淡了,一丝云拢着月,先是透出亮白,慢慢地就沉出了灰,月和云几乎变成了一个颜色。这时的天,无边的森冷的烟青笼罩着,天底下是黑魆魆的山形,手掌一样伸出的树木,山头上透出了青白,慢慢地隐现出了晓色,一层深褐,一层浅橘,渐渐地能看出近山的绿了。郭怀坐起来揉了揉眼窝,他一直没有改掉一早上工的习惯。河边的麦地里,麦子一片一片熟黄,麦子在由绿变黄,由软变硬,由秕变饱,由湿变干,该磨镰刀了。磨镰声在黑山背的清晨响起,也是黑山背宁静的韵致。日头红了几天,他决定割麦,拿了镰刀戴了草帽进了麦田。抡起臂膀开割,一上午麦地里的麦子全部伏倒。看着倒伏的麦子,郭怀顾自笑了,笑对青山。那些年打麦时,黑山背人脸上像天空似的灿烂。迎面见着了总想开个啥玩笑,麦场上光屁股的娃娃们吵闹得就像捅了一扁担的马蜂窝,呜,跑那边了,呜,跑这边了,都不想下河逮蚂蚱捞螃蟹就想在麦场上翻筋斗。割得早的人先把碌碡拽进场,有小孩早早从家里拿了笊篱站在旁边,牛拖拽着碌碡小快步在场上转,不知谁大声喊一句:"牛屙下了!"一群孩子拿着笊篱一起往牛屁股下伸。打麦场上的日子要红火好久,一场接一场打,女人们一簸箕一簸箕把麦粒簸出来,再一簸箕一簸箕装进粮袋里。收罢麦子,种豆,锄地,搂草,罢了就开始收秋粮了。热闹是一场接一场。

郭怀把麦子挑回自己的院子,院子就是场,以前的场早就荒草丛生了。

一个人的四季,一个人的村庄。无边无际的寂静来了,他站着不动,远处蓝天高远,近处青草恣肆,万物都蓄着一腔生命的朝气呀,只有他的胸腔里固执地呼唤着自己陈旧的往事。院子里的猫和狗都睡了,睡如小死。只有郭怀在想着,不离开村庄是因为村庄里曾经有过的那些个好,他舍不得那些个好呀!

驴是兄弟

从什么时候开始,故乡的驴对于我来说,已演变成为我童年的兄弟姐妹,一些难以忘怀的季节的冷暖景致,一些远离文明的诗意的原始,而不再是一般的劳动工具的浅表印象?真是这样,庄稼人知道,人与牲畜的缠绊比提起的话题更牢更长更雨露阳光时,人才会接近人模样。乡间的土窑,小石门洞的暖炕和窑院深处的驴,没有人能够明白,人与驴同住一窑的风景。祖父说,驴是兄弟,它不会背人的视线而走向不归,蹄脚老了就凭借风力。印象中的风景,都被驴走尽了,遥远而又凝固,仿佛暖阳下的苍山,只在自己的故园,只在窑洞。

用什么来抵御岁月的风霜?牲畜成为庄稼人一种安详的归依。童年时随祖父骑驴出山放羊,寂静的午后,胯下的驴蹄踏起阳光下的尘土,羊群在温暖睡意中被镀上了薄金,空气中山林的气味浓得像是液态。松树的针叶从脸上抚过,会看见腐殖的泥土透出的松菇,朗晴的,满目皆是圆润的黄。这时的羊群如果无知或故意分群,山下的驴会扬起后腿,颐指气使。蹄声归处,分群的羊会在这"嗒嗒"声中安然归群。这是动物间一种奇怪的默契。祖父回头笑骂:"狗日的驴!"然后勒细嗓子唱道:"皇天后土人儿黄尘小,苍山绿水牲儿浮萍大……"那声音荡起天地一片瑞祥。

庄稼人知道,生命耗尽本能才会存活。存活的幸福和好天气一样,有,但不会很多。天地之间,风霜雨雪,人类彼此生存及农业耕种的开始,就意味着一切的到来,人养了牲畜作为农耕劳力,是人类出于对自己生命的功利主义,也是出于那些生命的善良和顺服。牛羊追水草,人子逐牛羊,迤逦一途。生命等同于四季,是牲畜使人类浪游的脚步停下来,并根植出了乐土息壤。记得冬日里和祖父一起出山驮煤,天近黄昏,雪片飞扬。雪天里,直程的背阴路因寒风吹滞,滑溜狭窄,驴鞍头挂罃,笼嘴系缰,一走一打滑,一人牵,一人打,生命延续彼此交困。驴处险境,将后蹄牢牢把住雪地,前蹄实质上已经滑弋因而形同虚设。祖父身体抽抖,注力于双腿,贴附于路边山坎,只用眼睛看驴。祖父说:"水女,快脱去我的鞋袜。"天寒地冻,祖父赤脚着地,趾肚脚掌似乎有牙,冒出啜啜白气。祖父屏气不敢大声呼吸,使出驴劲,生冷的地气能把人的骨缝扎透。那真个是一幅人类艰辛的生存之图,先是蕴含着无尽的力,之后就是心头的一线明悟——是人类存活的永远经典。

踩过的雪地留下一汪清水。生命的庞大与卑微,是以怎样一种方式存在的呢？走上山顶，看见村庄的窑洞，满世界苍凉的白。雪中炭，人与驴如水墨画上甩出的斑点墨迹，祖母在窑顶上眺望山头，拄着一根桃木棍子，我在雪天的驴背上疯喊着祖母，那声音显得那么渺小和孤独，且透射着俗世的暖意。

祖父说，老驴工于识途、警路、避险。在已绝其通的路上，人若强行，驴也会气恼人的愚昧，很歪驴脖子，两腿夹尾，回避崖塌泥陷。驴作乘骑不忌生，一根桑条握手，通过乘骑重量的分流变化，即会右行或左转。记得一年春上，祖父牵驴出山跳马。腊月里驴生驴骡。牝马所生为马骡，牝驴所生为驴骡。老驴体弱无乳，祖父让我去和叔伯婶婶说，要她给小驹一口奶。月子里丧子的婶婶羞红了脸走进窑洞，祖父避羞走出窑洞，婶婶解了衣扣，托乳相赠，小驹不受，惊惧退缩。无奈叫了叔叔来，叔叔气盛，从老驴身上揪下一把驴毛，缠在婶婶乳头上。时是黄昏，可以清晰地听到小驹吸乳之声，那是生命繁衍的本源之声。年轻的婶婶，肌肤透亮，在黄昏的天青中流溢出丝绸的光泽。婶婶有泪流下，那是失子的疼痛中艰难赎回的幸福。多少日子，她就这样在悲伤的边缘喂养了小驹。生命的等级超越了，那苍苍深山中血脉里流淌着的是一种什么样的伦理道德——款款情深啊，很亲切，很亲切。

驴在远离人类社会的田野里耕作，随缘放达。有农人在地垄上用火镰敲出一缕烟尘，春山鸟鸣。我在追忆极苦极甜的缠络中，想神爽生动的乡村，想生活羁绊中稚愚孤独的驴，内心就会滋生出一尾生生的痛。上帝有意设置了这样一种未来，我们只能告别和放弃所有意义上诗意的原始了。

善陀,一个消失的村子

善陀是一个村子,若干年前它在一座山的山坳里,它的热闹来自屋子里的那些人声。

若干年后,善陀消失了,植物覆盖了它。

冬日树叶落尽时,看过去,备受摧残的村庄显得生硬和突兀,一座寺庙的舞台还在,只是没有了背墙,敞开的舞台犹如一扇落地大窗,更多的自然透过敞开告诉世人,物质完好的东西到最后都是这样一种形式完结。

村庄里一些屋墙之所以还在,是因为曾经村子里的人过于铺张地用了石头。

不知道现在谁还用石头盖屋,这种粗重的体力活计已经被现实中的人们舍弃。阳光从石缝穿透,有青草茂盛,风来它们摇曳,风去它们也摇曳,只要有光,有雨水。

我能想象曾经的戏台下,男女老少,到了赶庙会时分,唱戏的,卖香烛的,卖火烧的,卖丸子汤的,打情骂俏的,偷鸡摸狗的,等等等等,都是围绕着对面的大雄宝殿开始。

跳大神的嗡嗡如蜂,与香烟缭绕、人声鼎沸的戏台傲然对立,二者之间,总是掺杂着皱纹的脸和骨软的腿。

那时候,入村瞧戏,我们就这样一窝蜂地拥进了善陀。

善陀实在是不大,十来户石砌的屋子,青绿的草铺天盖地。有些花朵开着,犹如小女孩身上的碎花布衫,望过去异样的舒畅。

曾经的庙,高耸在小村中央,有几朵白云,从绵延起伏的山冈走来,庙脊上的琉璃瓦被云彩遮挡了一下,一群不知名的小鸟呼哨飞起来又落下去,小小的跳动,衬托着背后葱茏的山峦,这些庙顶上黄绿相间的瓦棱,更显得轮廓分明,光亮夺目了。

红的庙墙,翘起的檐角,善陀在人们无数的好感觉中,一定有触摸到世外文明气息的感觉。鞭炮响起,那些咧开大嘴笑着的人,点燃香烛跪下,高香上的烟气缭绕着,求佛的人根据自己的欲求,还原着自己想象的生活。

我偷看那个卖香火的老人,她在比较两张纸币。她把明显干净的一张装进了衣袋,另一张握在手里,等待找零。她嘴里喃喃:你该烧一炷高香了,看那些开着小轿车的人,有人前呼后拥,都是前世烧了高香啊。

把钱看成一种吉祥幸福是一件好事,新旧是不是她生存的一种好心情呢?! 高香,只是要整理出一个干净、没有臭气、看上去庄严的说法场所,如此,它的意义与高矮又有多少关系?我转身走出庙门,惶惑间居然不知里面供养着什么样的神佛。现在想,好像莲花宝座托起的佛,有一张丰腴的脸。

正是五月,一大片黄灿灿的油菜花,朦胧的潮气,清水流过,禾苗正在生长。念着牵挂着同时被惦记着,应该是很幸福的事了。爱是平常,有爱心,始终怀念爱的人,任凭时间之水流逝,如此,便看见了那个朴拙的老人。

他正挑了一担水走进油菜花田。他弯下腰,然后直立在花田中央的一块土包上。他突兀地站着,哼着欢快小调,很自在地在油菜花田里进行着他有意义的劳作。那么,油菜花田里还生长着一种什么农作物?这么宁静致远的小村,因何要修一座庙?修庙人一定怀有梦想接近实现的目的。

一盘石碾。疏疏地有一枝桃花斜过来。"人面桃花相映红","桃花又见一年春","催出新妆试小红","为他洗净软红尘"……你看,有桃花在,一切就必然带着浪漫的寓意了。桃花从一座小院的墙头上伸出来。院内没有人住,春风吹生的野草疯长起来。石屋的门两侧有春节的对联:"春风送暖驱寒意,幸福不忘报党恩。"多么暖人,像春雪在阳光下就要暖化了。我走近它,记下。没有人住的石屋,贴着暖心的对联,很有味道。

看天。天上有云,云本无根。世人都说那云有一种超然物外的心境呢。是啊,那云,混沌无识无序,依偎戏耍在山的怀里。谁又能说混沌不是一种大境界呢！像这善陀人家，只守着自家的老屋，守着一种不变的生活。日出而作，日落而息，生儿育女，修房造屋，抽几口旱烟，看几朵云彩，心里平和着，吼几声地头田间的秧歌，砸出一些活命的滋味来，你能说这不是一种幸福！其实，幸福是一种自我感觉，体验存在于感觉的过程中。幸福，难以倾诉，也不可理解。就像这云一样，云飞云落，都是平常。

云与人一样，同是一段生命的过程。坐看云低，仿若洞见一段生命的无为和无知。云的家园是山，是江河湖泊，是草丛树林，宁静的自然对于人类，不也意味着一种永恒的家园吗？

山、水、草、木、生命、智慧、劳作与汗水浇灌的丰腴。油菜开花，它使我们在生命的轮回中懂得自省与平和是一种美好的品质，让我们知道翻越一座山之后是裸露的亘古的宁静与庄严。

我走近那位老人。我说你在浇灌什么？

"浇灌坟茔上的树啊，万年松柏。"

他用手指给我看，先他而去的女人就在那里。那样轻松，这样说没有一点伤感；但仿佛是真的，如延续着的生活的从前。老人眯着眼睛。挽留一些事情真的很难，很多人事也很复杂，到了这样的年龄，如果有痛苦，痛苦就会与生活永远相伴了，不为痛苦去浪费闲余的时间。

老人走过去，从我面前，以一种自在的神态。

他的女人就在那里，油菜花田，等待着亲爱的未亡人。月球和地球的距离,必然带着诗意的浪漫。扳着指头数日期,一日两日,农妇不紧不慢,安稳得惊人。守候着静止在四季轮换的油菜花田,她是这世上最有定力的一种人。

有一天,老人将回到小屋,重新开始旧的生活。空气净了,心也净了,情绪似也变得透明。冬日白雪覆盖,春天幼苗返青,五月百花盛开。葬在这油菜花田的善陀人真是好福气啊。

时间好似昨日。

沉默下来的善陀,山中的花期这般烂漫,得益于毫无阴霾的雨露滋养,洁净而又恣肆。看到过生命烂漫的时刻,那个存在过的善陀,就像黄土地上一块沉默的土坯,站在山上石垒的豁口处,能看见巨大的深壑,它已经走出了人们的生活之外。

有诗意的生活和有过多物质的生活相比,善陀在大山里,就名字而言,暗隐着某种岁月的从前。

辑三　俗世中修行

脊上琉璃寂寥月

一

高坡上有一座庙,昔年曾叫圣寿寺,唐时种过一棵槐,在时间中死了;又种过一棵槐,活到现在,根死了,树桩还立着,满身的疤疙瘩烂窟窿,冷眼看着身后的庙。从半块柱础的造像上看,庙很大——大,便代表了身份。庙脊原本有五彩琉璃,被人扒走了,还能看见一小块孔雀蓝凤爪在瓦坡上自在着。

毁灭是诞生?鬼话。

我在乡亲的猪圈墙上找了两块琉璃。很好的琉璃,黄昏下迷人眼目。他们说,要那东西有啥用处?我说,端详它风吹日晒的容颜。

长治城里有一座城隍庙。朋友说,十年前一个贼对另一个贼说,你要是把屋脊上那条黑龙弄下来,我给你十万呼啦啦崭新票子。贼在一个月黑风高的夜晚,带着绳子、梯子、锤子、钳子,飞毛腿一路狂奔到了墙角下。贼屡屡得手惯了,到了墙角下,突然尿紧,本该迎风出一丈,却是顺风滴两鞋,心头一时涌起了莫名其妙的伤感。贼靠着墙角点了一根烟,抽了两口,站起来搂紧行头走开了。十年后,那个不做贼的人打电话告诉朋友,城隍庙拆下来的琉璃在院子里堆着,你去把它们拍下来,知道你喜欢。明代的琉璃。明朝廷下野出过好几位大思想家,有一句话就是那个时代传过来的:"做好事的不如不做事的,不做事的不如做坏事的。"这话,一路愤激到现在。

琉璃,在阳城阳陵村的琉璃塔上,我仰着脖子望呀望,一只灰色的鸟在上面立着,鸟虽小,玩的是天空。夕阳里,徜徉在肃穆静谧的寺院,会为眼前清澈澄明的琉璃所驻足。佛塔上的琉璃散发出晶莹剔透的光泽和变幻神奇的色彩。琉璃,被人们赋予了蓄纳佛家净土的光明与智慧的功能,它吸纳华彩却又纯净透明,美艳惊世却又来去无踪,化身万象却又亘古宁静。琉璃澄明的特质契合着佛教"明心见性"的境界,不觉顿悟——净如琉璃,静如琉璃,照见三界之暗,照得五蕴皆空。

琉璃是带色的陶。

陶最早是用河泥为原料,加了芦苇花絮,制成各种陶坯,晒干后烧制彩绘。陶开始带色,因琉璃出场。历代老百姓认为琉璃对于供佛、辟邪和镇宅都有强大的正向能力，但在封建社会森严的等级制度下，琉璃是民间可望而不可即的重器。非令壮丽无以重威。威，是一个满怀壮志的王朝给自己的定位。高大之上，宏伟壮丽。帝王因佛生威，佛住的宫殿依山借次抬高，直逼天宇。寺庙成为故乡土地上的风物标志，成为乡村文化的组成部分。曾经的寺庙里，晚照下的暮鼓声响了，那一声响，空灵澄明，悠远缥缈。"孤村树色昏残雨，远寺钟声带夕阳"，随之而来的还有夕阳下琉璃的光芒。

手艺是一个人一生承重的支点。

农耕时代，自然生存，人通过什么活着？手艺。手艺能把万事万物送到远方，送向未来。

对于过去的那个历史，那一些美好，我不知该用怎样的方式与它们说话。它们以五彩斑斓的色彩对抗着大地，它们让村庄里的人忘记了大地上满目的荒凉。我一直认为寺庙是村庄长出的最好建筑，它的出现，始终没有因为生长在贫瘠土地的边远地带而寂寞孤单，反而成为乡村百姓不易改变的狂热，带有偏执的性质。一条河流一路而下，流经了多少村庄？我一时统计不出来，大大小小，哪座村庄里没有寺庙？

寺庙，有一股强大的底层生活的气流在游动，你会觉得没有寺庙就不会有村庄的繁荣。时间流转，逝者如斯。过往岁月里，人类的劳动、创造和智慧，历经冲刷淘洗之后，仍然得以各种各样的形式存留。寺庙在用它的光亮推动着村庄的发展。可是谁又能知道很多的苦衷和哀怨,不是来自命运的本身,而是来自天灾人祸。

神化的痕迹和宗教的幻想,给村庄一个巨大的安慰,也许他们太需要这种来自寺庙的体贴了,他们对虚无缥缈的东西充满感激,寺庙是乡民谋求幸福的天堂。乡民的天堂是华丽的,那种华丽也许只有民间秀才从书本里读到过,抑或是在人寰中梦想过,它的瓦棱应该轮廓分明,光亮夺目,它的屋脊更应该是天庭欢乐。

二

山西沁河两岸的寺庙,无论歇山顶、悬山顶、硬山顶,它们的脊瓦上都会挂着五彩琉璃。雨后初晴,若有阳光,透过水雾还能看到七彩霓虹。

沁河流域的琉璃烧造工艺始于魏晋南北朝时期,历经宋、元,工艺革新和技术改进,走到明清时可说是达到鼎盛。住在近山的地方用石造屋,住在近水的地方用贝壳和着涛声造屋,住在自己心境里的人用宗教造屋。

沁河两岸煤矿、坩子土、石英砂、铜、锰、铝土矿和方铅矿等资料极为丰富,充足的原料为琉璃的烧制营造了基础条件,他们用琉璃造屋。琉璃瓦、脊筒、宝顶、脊兽、鸱吻、瓦当、滴水,琉璃影壁、琉璃塔、牌坊、棺罩、香炉、狮座、童枕、熏炉,中堂前几桌上的佛像、狮子、烛台、供盘,家居用的浴盆、鼓凳、缸、佛龛,继秦砖汉瓦之后,琉璃在建筑领域广泛应用的典型范例又入了厅堂。不过琉璃用器始终没有作为餐具出现,它不像瓷器是高温釉下彩,琉璃是低温烧造,只用于观赏。

寺庙,印象中它是远行归乡的人一个无形的客栈,走至庙门前都要愣着看一眼,步子停顿的瞬间心里会默念着保佑平安。

老树掩映下,端着大海碗坐在庙前广场说古论今的人,说琉璃的烧造是一门好手艺,人们的眼睛就集体往天空望,孩子们淘气,拿着弹弓瞄着屋顶上的脊兽打过去,年长的人站起来拦住说:"打不得,祖宗,小日本见了都得磕头。"寺庙和皇权的崇拜是相辅相成的,你看遍布村庄的寺庙,你就会明白信仰在乡村有着怎样久远的传统。

沁河沿岸最有名的烧造匠人姓乔,在山西众多门派的琉璃匠师中,乔姓也是其中人数最多、延续时间最长的一支,乔氏琉璃出阳城。阳城乔家烧制琉璃传承关系明确,班辈系列清晰。据乔家族谱记载,阳城乔家烧制琉璃从明正统年间开始,一直到清顺治、康熙、雍正、乾隆、嘉庆年间达到鼎盛。大庙小庙,乔家几代人烧造了多少琉璃,没人说得清。那些琉璃在屋脊上被照得明亮耀眼,而烧造它的匠人,生命死去又诞生着,生死之间延续着他们不外传的手艺。

乔家的祖先,唐代由陕西西安龙桥迁至高平县桥沟,经宋、元两代,于明初辗转到达阳城。乔家的先祖带着手艺来到阳城,为了生计,也为了他所看到的晋东南一代的富裕生活和寺庙建造的广阔前景。

一开始他们在县城东关游伴沟安家,后来为了取材方便,再加上后则腰的瓷土质量更好,所以才又迁至后则腰定居。他们不仅烧造琉璃,也烧造黑、绿瓷器。寺庙遍布村庄,对于乔家的窑口来说犹如金子埋在了他的门前。

一座寺庙一种规制,丈量下的土地,古时候也是一样的斤斤计较。屋脊上的琉璃因庙规格不一,便也不能用模子脱扣。乔家做琉璃从来不用模具,大件人物造型全部徒手制作,技艺无人能比。据说北京故宫的琉璃狮子和明十三陵的部分琉璃制品上,都发现有"阳城琉璃匠乔"字样。新中国成立后,翻修北京故宫时,也发现很多琉璃瓦后面有"山西泽州"字样。有人说"山西泽州"琉璃不一定是乔家烧造,还有潞州的赵姓琉璃匠人,只是因为乔家琉璃窑名气大,私下里挂了乔家的声名。我倒觉得这样更好,沁河两岸的庙宇,一个乔家怎么能烧造得过来? 这样就神龙见尾不见首了。就像"画中有诗的王维",就像"米氏云山"的米芾,就像《兰亭序》的最后消失,若有真迹流传至今的话,那会减少我们多少向往和想象的兴味!

历史是时间烧造出来的,留存下来的匠人们的传奇往往都有点神奇故事在边上烘云托月。我现在站在阳城阳陵村的圣寿寺，就有乔家的传说在里面。

圣寿寺的别院紧挨着的偏房里住着一位老人，秋天，老人从地里摘回来南瓜，窗户上，廊檐下，一个挨一个的南瓜摆放出一种姿态，任日头和月光轮番擦拭它们脱离泥土的胎毛。窗户上安装了玻璃，对于屋子已经全无了秘密。老人说，我住着的后墙是庙墙，你看，墙已经凹进来了。我看到他用两根木头支着，两根木头上挂着几个塑料油瓶子。墙到了几根木头也快难以支撑的地步了。屋子里一股潮味，我仔细看着墙上一张奖状，是小学二年级年终考试的嘉奖。

能感觉得到我身后一只肺在粗重地呼吸。

守着美好的东西，那美好却不能如一床素花被子更让人得到温暖。这是他们平凡而真实的人生。

很奇怪的是，在一张靠另一面墙的桌子上，我看到他供奉了一个牌位，那上面写着"供奉佛塔烧造匠人乔氏宗亲之灵位"。老人说，现在人不讲迷信了，可头疼脑热给佛塔上炷香比输液管用，我孙孙得奖状我是给琉璃塔烧过香的。灵验的事在于人们对宗教的宽容，可宗教什么时候宽容过人们的需求呢？

从窗户上就能看到琉璃塔，它是那么美好，那些色彩在晚照下绚丽多彩。我说，真好！老人说，敬归敬，说归说，好啥？还不如立个烟筒叫人也知道这里是个厂房。我说，你因何敬奉着乔家的牌位,难道你是乔家的后人？他回答,我的先祖是乔家的徒弟。据说乔家的后人并没有从事琉璃制作,这样一个破败的小户人家,居然年节还想到了他先祖的师傅,这也许就是手艺人的根部在民间吧,由普通人侍奉着并祭奠着曾经的"孝义"的延续。

塔和村庄一起存在,人们敬奉它,它带不来一穗谷子,可原来建它的人是有"信"在里面的呀。佛塔上整块的琉璃样式不一,虽都是佛教故事,可它的底部写着某某村某某人家所出资烧造的姓氏。那一疙瘩银子集资送到琉璃匠人乔家窑前时,他们便双手接住,然后用心再把那家人的福气像印一样盖在了塔身上。

沁河的琉璃烧造有两种技法,虽都叫琉璃却技法不同。一种就叫琉璃,一种叫珐华。

我一直不明白琉璃和珐华的区别。烧造琉璃的师傅告诉我,珐华有松香黄釉、孔雀蓝釉、孔雀绿釉、茄皮紫、葡萄紫。珐华肇始的年代,现在已经很难考证了,从釉的质地上看它和琉璃是有区别的。明代的珐华用途比较多,陪葬品占了绝大多数,用在寺庙上的一般都是人物和小兽,大的器物、鸱吻和龙脊则用琉璃。清雍正年以后,珐华就用得少了。珐华按照产地可分为五种:一是蒲州一带烧造;二是潞安泽州一带烧造;三是平阳霍州一带烧造;四是山西其他地方烧造;五是江西九江烧造。

"最大气的东西在你们晋东南。"这是中国文联副主席,写小说《神鞭》和《三寸金莲》的冯骥才说的。

126

书上说:珐华,是陶瓷装饰技法。低温色釉陶瓷器制品,亦称法华、珐花。始于元而盛于明。珐华釉以牙硝作助溶剂,制作时,使用特别的带管泥浆袋,在器胎表面勾勒出凸线的纹饰轮廓,再按设计需要用色釉填出底子和花纹,入窑烧成。珐华器主要产于山西晋东南地区,以陶胎为主,器形有花瓶、香炉、动物等。珐华器物别开生面,虽器物小却比琉璃要更华贵美好。珐华不但制作很难,欣赏也很难,有专门学问在里面。现在这种手艺已经失传了,有人似乎想再造它的辉煌,却是连那配料都研制不出来了。

琉璃匠人是佛遗留在人间的手眼。佛有千手千眼。

从圣寿寺出来,我托着老人送我的一个足有两尺长的南瓜,像抱着一个半大的新生儿。我回过头再看圣寿寺的琉璃塔,遥远处它似乎比走近更叫人心悸。美,源于人类千百年以来的感性经验,我的视觉是在丰富生动的客观视觉世界中进化过来的,我们祖先习惯于这种丰富生动,也就使我们习惯于这种丰富生动。美,体现在一个尺度上,远观和近赏,两种不同的感觉。我沉醉于这种距离中,且近且远都叫我心动。

三

沁河两岸的那一片辉煌我无法表达。

《隋书·何稠传》载:"时中国久绝琉璃之作,匠人无敢厝意,

127

稠以绿瓷为之，与真无异。"何稠是把琉璃技术从"久绝"境地恢复起来的人。他只是一个手艺人，如乔家或其他家琉璃窑口，他们都是用手艺来丰沛岁月的"贱民"，他们只想给那些守着流水和丰收的人修筑一座看得见的天堂。

这世间有天堂吗？天堂，是我们在从容与喜悦中拥有所得，而我们又必定是具备心感幸福的人。这些美好都在民间。民间，以虔诚之心对待生活，一代代人始终相信，寺庙里供奉的是自己的前世今生，所得，一定都是由卑微的生灵修来。

让寺庙从寂静的暗夜中苏醒，是唐代。除了寺庙建筑构件之外，唐代还诞生了一朵琉璃奇葩"唐三彩"。

我在沁河岸边的琉璃作坊听一位姓谢的师傅讲，唐代烧造不同色彩的琉璃釉，需要使用不同的氧化物，如浅黄色为铁和锑，深黄色为铁，绿色为铜，蓝色为铜或钴，紫色为锰。他说了一句令我吃惊的话：唐三彩的烧造，道士起了一定的化学作用。——他是一个叫我吃惊的手艺人。

那么宋代呢？秦观的《春日》里写道："一夕轻雷落万丝，霁光浮瓦碧参差。"屋脊上那琉璃，天水滋润，那美好，延伸到王实甫的《西厢记》里，就有了"梵王宫殿月轮高，碧琉璃瑞烟笼罩"，美好只有普及到民间，才可能进入鼎沸盛世。

我再去见那个姓谢的匠人，已是夏天。他生性对劳作存有一种喜好和沉迷，院子里的那些佛、那些俑、那些陶台的龙凤，我同时看到了墙角那切割开的明代屋脊正中的"胡人献宝",胡人的眉眼都模糊了,他的脸部和手脚是茄皮紫,神韵还在。众多的琉璃中它吸引了我。

匠人在他的炉前,脖子上搭着一块毛巾,汗流得睁不开眼,他拽下毛巾来抹一把。我说:"你叫我买走你那一块吧?"他看着我,伸出舌头抿舔着嘴角的汗水。"你要它做甚?"我说:"因为喜欢,所以要。"他说:"那是我用来做样本的。"我说:"嗨,这么模糊的眉眼早就印在了你心里。"他一定很想听到一个女人这样对他夸奖。他扭头看着那块"胡人献宝",说:"简单放几个钱拿走吧。"

"简单"二字是一种境界。沁河两岸烧造的琉璃正是以简单大气横行民间。

万有的缘法都是偶然凑泊的。我得到它,我便得到了我的情有独钟。那个姓谢的匠人,借用佛家的一句话说"因缘现身"。沿沁河一路走下来,在晋城我又认识了一个喜欢收藏珐华和琉璃的朋友,他告诉我如何鉴别琉璃和珐华:你别管它的珐色,只管用骨关节敲,年代久远的敲出的是"缸音",那些年代浅近的出不来那音,有点闷骚。我在他的地下室看他的藏品,边走边敲它们的胎骨,果然有音乐的质地。

我一直认为,寺庙是一个有着完整管理体制的地方,一个人可以没有任何好处献身寺庙,却绝不可以没有好处献身权力。在这里,佛家思想脱颖而出,敬畏,以至礼教治国成为封建统治威恩并加的又一大法宝。

看那照壁、牌楼、楼阁、香亭、寺塔、神像、供器、花坛,以及镶贴在墙上的花砖,形态各异,不胜其韵。沁河两岸的琉璃饰件图案以火焰纹、龙凤纹、如意纹、莲花纹、海水江崖纹、宝珠纹和绫锦纹等传统吉祥图案为主。此外,明代的脊兽也在元代的基础上得以完善,看上去有几分凶悍。再看那脊兽顺序排着的龙、凤、狮、麒麟、天马、海马、狻猊、狎鱼、獬豸、斗牛、行什等,神态生动到一声喝令都能活蹦乱跳起来。

明代整修和新建的寺庙较多,沁河两岸的寺庙大多在明万历年间,那些琉璃也都出自明万历年间。烧造琉璃大体要经过选料、成型、素烧、施釉、釉烧等几个阶段。琉璃的原料大都是就地取材或就近取材,以往因缺少有效的原料检测技术和设备,制陶匠人在原料选择上总结出了一套简便实用、行之有效的土办法,有经验的匠师通过看、捏、舔、划、咬等方式判断泥料的成分和性能。

琉璃釉料的配制在这一行业中是最难掌握也最具隐蔽性的技艺,尤其像孔雀蓝这类釉料的配方,匠人视其为绝技,民间有"传媳不传女"之说。一件琉璃的制作,除劳动之外还有更多方面的相互依存关系,尤其重要的是它包含了那些匠人的生活挣扎形式。

对于我们的乡人,我至今没有在感情上走近过他们,乡村太贫穷太偏僻。我固执地认为苦难是由懒惰衍变来的,是容易传染的。

然而对于寺庙,完全是有别于乡村的另一个世界。小时候上初中的学校在沁水县十里镇下泊寺,一座两进院的庙宇。室内雕梁画栋,室外的屋脊上却全部是灰脊。那时候不懂也不明白,直到去年冬天我回去仔细寻找,竟然发现下泊寺的庙后山崖下扔着许多琉璃碎块,有一块中间正脊上的琉璃,隐约还能看清上面一行小字,明德化年的字样,可惜庙已荒废。

陪同的乡亲说,听老人们讲,老早时打远处就能看见一瓦坡的明光闪亮。那一定是琉璃的光芒。

那么琉璃什么时候开始大势已去?一定脱不开寒碜粗陋,脱不开无知无念,脱不开战乱和凋敝。如果借助我们的想象,时间能够获得空间的可视性的话,我们会看到什么样的景象?花落水流,手艺被大自然这种无情的淘汰法消失得已经面目全非。

如意宝啊，莲花哟

一

天空恣意醉卧的云朵下，随风摇曳的青稞把大地涂抹成一片厚重的铜锈黄。

有一条青色的涌带——青海湖——梦幻般的青黛、幽蓝和亮黄，在我的右侧生动起来。我感觉那蓝是今生未被任何一个声音、一个动作划破的完美。我一直不知道这个世界上有一种什么东西最能诠释性爱之间最上乘、最隽永的高潮，现在，我懂了——绝青——夕阳影里！

假如有人对我有刻骨的冤仇，我说：兄弟姐妹，我来给你跪下，天地间，下跪的长影是我对爱我的人和恨我的人一个长谢！看看那绝青，那青色的水吧，看看，人世间冰窖似的悲凉和抑郁难堪的苦闷;看看,茫茫无尽的怅惋和茫茫无尽的了无意续的死亡。我还苛求得到多少呢?得到多少才是我的满足呢?那终古滋润着浊世人群心田的青海湖水哦,你给了我灵明的心目!

我的皮肤散发着黄亮的光芒,太阳照着我的时候,我骑在了一匹马上,我看到远方,一个朝圣者磕着等身长头,向前匍匐下去的时候,他的影子牵着千年的风,千年的经幡,千年的执着和坚定!千年的靛青莲花开了,心发所愿口诉祈求,一切,但等得好于今生的来世。

来世,即使放开所有的想象也难以穷尽它的最好!来世我渴望做一头小小毛驴,我的脊上驮着一个孩子的童年,他的童年就像广袤的大地上隆起的高原,我要让他看尽人间繁华。

八月尾的青海湖,草滩上盛开着一种太阳花,黄色的,匍匐在地的美丽。一群牦牛,一群羊,我看到所有来者亲切的面孔——亲切的相遇而并非偶然的面孔。

所有的人赤足下水,清凉透骨的湖水上涟漪妙曼着前世和今生。那个牧人在我的镜头里微笑,所有的相互致意的过客,他们抛开现实的目不暇接的纷纭世事,走到这里的时候,心和蓝天和湖水和高原处飞翔的鸟一样,也就走进了一块洁净的空间。所有人的心都是透亮的,如同空气一般相融在一起,是因为青海湖,因为广阔的高原,横无际涯的天空下的青海湖!我的身后是闪耀着美妙芒刺的雪山,席地而坐时我回头看到那个朝圣者长叩的身影,大好的晴天下,有福人,他将历尽艰辛,也将功德圆满!

牧人赶着他的羊群和牛群沿着湖岸走,羊群和牛群走过,我看到地上冒着热气的粪便。牧人走过时嘴里唱着"花儿",当他开始唱的时候,我感觉他被高原晒黑的肤色是青色中的另一种美丽,另一种太阳的颜色!

"桃花呀,我不爱它,我爱的是带花的她。尺不楞咚锵!我并不是自夸,我会种田,会放牧,妹妹你嫁给我,请答话!依呀依噢啦!"

耸起的高原上青海湖的存在是多么重要,是谁说过,"青海城头空有月,黄沙碛里本无春"呢?

这是内陆高地上一座最大的咸水湖,为山涧断陷湖,它在蒙语里叫"库库诺切",藏语里叫"错温布",所有的意思是——青色的湖!

二

由青海湖前往藏地,在格尔木我打车遇见了一位河南人,他告诉我,他来格尔木一个月了,现在开始流鼻血。

所有的人对高原反应是一个盲区,说不上怕,也说不上不怕,来西藏没有目的,只是觉得好奇。好奇也算是一种激情吧。

出格尔木往西,看到的是无尽的荒凉,那种荒凉灼伤了我的眼睛。我从地图上知道这是昆仑山脉,我从诗歌里知道了"巍巍昆仑",我从神话里知道这里有西王母的瑶池,我从书本里知道这里是明末道教"混元派"的道场……世人称之为国山之父龙脉之祖!但是,我在看到昆仑山时,脑海里突然有一段时间出现了空白,那一段空白里我哑口无言!一刹那,我的历史感突然像水汽一样蒸发了。它属于冻土荒漠地貌,地质系古代强烈侵蚀的复杂变岩所构成,间有第三纪沉积物构成的丘陵低山和丘垅,山上看不到任何植被,山坡谷地长一点地梅、绿绒蒿等高原荒漠野生植物,它的孤独它的寂寞让我想起了昆仑山的采玉人。昆仑山的采玉人,古有记载:"千人往,百人还。百人往,十人还。"

采玉人脚下没有路,脚下的每一步路都是对命运的叩击。

昆仑山采玉人唱:"如果离开你不见你就离开了人世,我的姑娘,你是否会参加我的葬礼?"

昆仑山每年五月开冻,九月离封山就不远了。

没有人的昆仑山里有神话出没。没有人的昆仑山,于身外的世界它并不寂寞,于寂寞身外的我被寂寞撞得很痛!一个没有生命出没的地方,却生出了那么多神话!我一直靠我的想象支撑,我知道仅仅靠汉字对这座山的讴歌是不公平的,它看上去那么荒凉,但是,它的胸腔里生长着玉,有着生命印迹的玉。它被昆仑山采玉人开凿出来的时候,有了一个很吉祥的名字:和田玉。

翻越昆仑山口,你看不到天的尽头,车是奔向远方的,远方有多远？你即使放开所有的想象也难以穷尽它，任何想象在可可西里都变得孱弱和无用。看不到如此广袤如此深古的神性大地的边缘，你才知道什么叫——路，是没有尽头！

可可西里，隐于我灵魂中的可可西里藏羚羊，是妈妈和儿子的关系。天空在头上悬着，你举起手就可以拽下一片云来。路笔直地伸向远方，想着会有什么奇迹断然发生的话，就是会看到一头矫健的影子。但是，你看不到，看到的是惊人的广阔的寂寥。那是巨大的无法形容的空旷，你想象不到你是在陆地上行走，也同样想象不到会撞见任何生灵。我看到格拉丹东山在远处变得神秘起来，山头上的积雪被阳光照亮，看过去皆是绝美的图画。我看到了沱沱河，它是长江的源头。生命中两条大河，依赖于自西向东的青藏高原，它是神的恩赐，是神赐给我们中华民族两条飞动的翅翼，它带着阳光的气息、青草的气息、泥土的气息、雪域的气息，行走向神秘远方。

三

与唐古拉山合影，它会把你从岁月的尘埃中托举起来。

如洗的蓝天下我和山口上一个叫梅卓的藏族女人合影，她告诉我藏语中梅卓是神灯。她是唐古拉山口上一盏神灯，她温暖的笑容是雪山用高度堆砌出的精神。我以百米冲刺的速度向更高处跑去,向着一只黑色的鸟跑去,它在我走近的一刹那线一样飞离。

从山腰上往下走的时候,我有点喘不上气来,山口的风迎面扑来的时候,我站着足足有两分钟,脑海一片空白,我看到所有人的嘴唇是青紫色的,我不想证明我什么,只是想挑战一下高度。我也不能够证明我什么,雪山屹立苍穹,江河流经大地,万物以亿亿万年计算的岁数存在,人短暂的体验,能证明些什么呢?我不是政治家,也没有与政治家相似的念头,我是一粒尘土,抱着自己微弱的心脏,在高原的最高处产生一点类似于天真的兴奋。

唐古拉,唐古拉。

一千年前文成公主走过。整整三年,大国公主浩浩荡荡的车仗,在唐蕃古道上卷起漫天烟尘。无数人前呼后拥,旌旗蔽日,鼓乐喧嚣响遏行云。几乎半个中国都驮上了马背和驼峰。长安已不堪回望,中原已不堪回望,故国已不堪回望。日月山外一片蛮荒。公主在翻越唐古拉山口时,哭得声咽气绝。去国不可回,回流的只有泪水流成的河。

一千年后,班禅活佛进藏走的也是这条路。那同样是波澜壮阔的一种旅行。国家调集了全国骆驼的三分之一,以及不可计数的马匹,每一公里一百匹骆驼,近一百匹马,前后绵延一百多公里。护送活佛的队伍像一条由骆驼、马匹组成的河流。当地留下的歌谣说,"会算不会算,百匹骆驼二里半"。活佛去后,身后的千百里荒原,骆驼、马匹的尸骸堆积如山。活下来的骆驼和马匹繁衍的种族,如今遍布了青藏高原。

如此煊赫的声势,除了因为地位的高贵,不能不说同样也因为路途的险恶。

在唐古拉山口,我已逐渐学会接受命运。我将在从容和寂寞中拥有我所得到的,一切的到来都是神赐给我的,我心感幸福。

来之前,西藏的朋友告诉我应该怎么念手里的念珠:拨过一百零八颗念珠,便等于念过一百零八遍真言。然后将记录百位数的"简程"(计珠)往下端拨一颗。十颗简程拨完后,即等于念过一千零八十遍真言。再把记录千位数的简程往下拨动一颗。拨完十颗,即等于念过一万零八百遍真言。念珠串上的两颗红玛瑙珠玉从紧挨着到逐渐分开,再次相遇时,即等于念过了一百一十六万六千四百遍真言。

再一次翻越唐古拉山口的时候,我看见玛尼堆上的风马旗迎风猎猎,我手里抓着念珠,平静地一粒一粒往后数着,我祝福所有走过唐古拉山口的人,今生的幸福——锦上添花!

四

布达拉宫是最接近神的地方。它始建于公元 7 世纪吐蕃时期,那时西藏还不是政教合一的社会,布达拉宫只是作为王的宫殿而存在,并无香火。但是,自从五世达赖受顺治皇帝册封、成为西藏政教首脑之后,布达拉宫因此成为大活佛所在地,自然也就成为顶礼膜拜、供奉香火的圣地。布达拉,为观音圣地普陀洛迦的梵语译音,观音慈航以普救众生。

我看到远道而来的朝圣者信民,他们的四肢和胸膛笔直地伏在地上,前额着地磕头,接着用木棒在额头着地的地方做个标记,然后爬起,双手合十作揖,再走到标记那儿重新伏地、磕头。这样的等身头,他们从刚出家门时磕起,一直磕到圣地的彭措多朗大门。

正如我在青海湖看到的那个朝圣者一样,走过的昼夜自己也记不清楚。他们历经风雨霜雪,已经衣衫褴褛,双膝、双手和额头已经结出了厚厚的紫痂。褡裢里已经没有了炒面。但是依旧把一沓沓钞票献给了布达拉宫活佛的灵塔。八座灵塔矗立在红宫内,黄金的塔身周围裹着绫罗绸缎,堆满金银珠宝。

藏语说"赞木耶夏",意思是它们的价值抵得上半个世界。朝圣者来时往往腰缠万贯,去时一律两手空空。他们将额头和面额轻靠寺墙、明柱和佛塔,依依不舍地施以最后的礼仪,然后抓一把寺院上空酥油灯燃亮的烟气,放入空空的褡裢,放入空空的脑海,相信空空的来世必定在某一个时刻赐予他功德圆满的未来。

西藏的神山比天上的星星多,只要看到周围挂满七彩的风马旗,缠绕着白羊毛绳,堆放着刻满经文和避邪图案的玛尼石,那座山必定有神在远望着你。

西藏的寺庙比天上的云彩多,那种诵经超度的吟唱,先是低沉的,像蜜蜂拥向大片的花地,接着是众多声部的吟唱。寺庙依靠着他们稳固着岁月的嬗递,年复一年,代复一代,强调着自我本性,从而达到自我目标的最高精神上乘。

在西藏,你才明白精神是一种比生命更加强大的生命。诵经是寺庙里住的人毕生研读和修习的工作,择其一生,去除杂念,走向光明!

我想起了普通藏民的天葬,想起阳光下升起那一炷煨桑的青烟:阿卡们诵经后去掉尸布,然后登上高坡呼唤"神鹰",烧起添加了酥油、炒面、曲拉的松枝。于是青烟向灿烂的天空升起,浓浓的香雾向四面飘散。那群被称作"神鹰"的秃鹫,体长足有一米,身高足有二尺,绵羊一般大小。从最蓝的天的深处突然出现,先是一只、两只,继而是上百只成群结队而来……也许,超度多于哀悼,它含有超出了想象的好感觉,和必定有的极乐!但我却想起佛本生的故事。释迦牟尼看到一只饥饿的母虎,很可能吞食自己的七只小虎,毅然从高山坠下,舍身饲虎。天葬要印证的,也许是不惜生命施舍众生。

"尊贵佛裔。证道时刻已到。尔气将绝,上师助尔入观明光。明光披照一切虚幻,一如青天万里无云。尔之智性,无遮无暇,一如真空之通体透明。速悟明光,此中长住。"

布达拉宫——天葬,由卑微的生灵修炼成为大德的高僧活佛,需要经历过多少轮回呢?而活佛前世和今生留下的灵塔,我想,多少年后,它们将把西藏装点得金碧辉煌!

五

我在五台山认识了一位青海塔尔寺的喇嘛。他每年都要到五台山交流学经,我在五台山白塔寺的广场内教他学会了发短信。他进步很快,时常会给我点一首歌过来。我在西藏,他不停地给我传送信息,就四个字:"扎西德勒!"

我发短信告诉他,我要沿着雅鲁藏布江往日喀则走。我去日喀则主要去的地方是扎什伦布寺,它就坐落在日喀则市西面的尼玛山南坡上,是历代班禅额尔德尼的住锡地。我看到扎什伦布寺的时候,不是因为它的建筑,是整个半山腰上闪动着的金色的转经筒,它以队列的形式转过了我望不到的山那边,我看清楚它的时候,那光轮冲击直抵我的心扉。我从没有想到黄色会有这么瑰丽,一直感觉黄是统治者思想深处生长出来的颜色,一点也不具平民的色彩。

此时,季节的姹紫嫣红散尽了,独那转过山去的黄色的转经筒点亮了天堂的道路。

公元1446年,宗喀巴的弟子一世达赖根敦珠巴为纪念去世的经师喜饶僧格,聘请西藏地区、尼泊尔地区工匠,在日喀则精制了一尊二点七米高的释迦牟尼镀金铜像。为安放此像,根敦珠巴在帕竹政权的资助下,于公元 1447 年 9 月开始动工修建扎什伦布寺,历时十二年,将所造之像置于该寺净室内。开始时,寺院定名为"岗坚典培",意为雪域兴佛寺。后来根敦珠巴将其改名为"扎什伦布白吉德钦曲唐结勒南巴杰瓦林",意思是"吉祥须弥"之意。根敦珠巴是后藏萨迦人,也是第一个把黄教传到后藏的人。在建立活佛转世系统时,他被格鲁派追认为第一世达赖。公元 1600 年,四世班禅罗桑曲结接受扎什伦布寺邀请,担任了该寺的十六任法台。从此,扎什伦布寺成为历代班禅额尔德尼的住锡地。

我记得小喇嘛对我说过:"去西藏啊,一定要朝拜扎什伦布寺。只有朝拜了扎什伦布寺,你的来世才会看到黄金的世界。"我想告诉他,我不是佛,我的来世无法活到黄金的世界里。但是,他肯定不懂我的话是什么意思。他红红的脸膛,从来没有怀疑生命没有季节,也没有想过人世间对于他来说还有另一种人生。他喜欢我叫他"贝恰娃",意思是学经的僧人。我记得我开始叫他"喇嘛"时,他羞涩地红了脸说:"我还仅仅是一个'扎巴'。"扎巴是普通僧人,喇嘛是对德高望重、学识渊博的僧人的专称。

扎什伦布寺黄金的颜色除了佛像,就是这满山一字排开的转经筒了。看着,走着,想着,瓦蓝的天就在头顶,从来没有人怀疑阳光不是金色的,我在这里看到的阳光是湖蓝色的,像一匹湖蓝色的锦缎一波波地跳跃着。我明白了,是扎什伦布寺山腰上的转经筒把阳光转出金黄来的。

一个上了年岁的喇嘛领着一条狗,那条狗卷曲起尾巴,在扎什伦布寺的广场上气势磅礴地走过。它是一条京巴和笨狗杂交的后代,它的出现无疑给寺庙里增添了景趣。有从强巴佛殿走下来的朝圣者,告诉我,那里敬奉着一位世界上最大的铜佛,所披袈裟也是世界上最大的,它换过两次袈裟,一次是1957年,一次是1985年。丰满的佛体、倍感细腻的肌肤在它脱去袈裟的刹那大放光明。

所有的人蹲下唤那条狗,扎什伦布寺的广场上空飘起了一片"啾啾"声。我也在唤那条狗。于是,狗掉转了头,张望着围了一圈的人径直走到了我面前,舔了舔我的手背,又舔了舔我的手心。那个和它在一起的喇嘛走到我面前,在我的手心里写下了六字真言:唵、嘛、呢、叭、咪、吽。它念起来是如此绕口,从字面上解释,可译为汉语:如意宝啊,莲花哟!

我走出大门的时候,收到了"贝恰娃"的短信:"扎西德勒!"

我回他:"如意宝啊,莲花哟!"

终究不是人家

清嘉庆己卯年正月十三,李道人,一位虔诚执着的修隐者,在黎城县性崆山茅庵寺修成正果。其时,白雪像五月花香一样任意散发和飘浮,万物严格遵守的因果规律终于到来。空谷云低,溪水长流。当夜色褪去,雪住风晴,黎明乍现时分,在被一世苦修、佛祖澄明的思想照亮的刹那间,李道人成为佛陀。

我从性崆山回来后,一直写不出什么,关于那里的奇异。异地旅游归来,通常我要沉淀一段时日。在这期间,所有旅行的记忆都沉入下意识,它们在那里蛰伏。我不知从何处下笔。性崆山的美令我印象深刻,但是关于李道人,我却不敢静候文字的收获。我得承认,这世界上有我不能理解和解释的事情。"枯木倚寒岩,三冬无暖气",他悟道的根本就是要叫人看破红尘,无欲无求,但求成心切的他倒占了这一方山水的灵气。我拜什么? 求什么? 乞什么? 不拜、不求、不乞,我得什么? 李道人如佛陀死去后是存在还是不存在？心灵与肉体是一是异，是既一又异，还是非一非异？一个达到超然无我高境界的人，理应"性空"，又何以慈悲怜悯、自利利他？我试图从一滴水的消失中证明太阳的伟大，然而，我愚蠢。

几天来，我念念不忘的是性崆山托举出的一只乌鸦和一个和尚、一只碗。

那只乌鸦就在性崆山的碎石小路上停留。我走过，它"啊"的一声飞走了。我看到它丢弃在地上的一颗果实，硬壳的。它在我的头顶盘旋。我用石头砸开那颗坚果，然后走开。我是在不经意回头时看到它正觅食那粒坚果的果仁，它拍打着灵动的翅膀飞去。一个多么神秘而奇特的巧合，仿佛轻风吹动镀满金色阳光的树叶，心里响起了难言的感动。我停止喘息，渴望它再来，但奇迹不再。我想象，鸟类和人类的交情，人类以一种玩赏的态度走近鸟类，玩完了，却不去关心一只鸟的伤情。乌鸦在我目视的一棵白毛杨树梢盘旋，我凝视着，以那只乌鸦为蓝天里飞翔的风筝。性崆山把那只乌鸦托举起来，使它看起来超凡脱俗。悠悠散步的云彩像一座华盖辐射在它的身上，使它看上去很幸福。它生存的真实生活是我所不知的，如同它窥视人类。但我相信，那一刻我们被彼此吸引着、感动着。那种感动不啻于对佛的虔诚。那种虔诚在阳光明媚的性崆山腹地弥漫开来。

这是我们的缘分。

如果,你仔细体会,你会发现生命中时常会有这样的缘分。一只鸟、一棵树,甚至一个人的存在,仿佛就是为了等候另一只鸟、另一棵树、另一个人的到来。

我走上性崆山茅庵寺的石台阶,遇见那个和尚。他端一只碗过来。他说:"喝一碗水吧,消渴。"我端了那只碗,碗中无水。我空端着那只碗,想不出,碗为什么要作为一个物体存在于我的视觉?如何取水?

书上说,禅宗大师弘忍圆寂之前,就是送了六祖慧能一只碗——佛学辞典上叫它"钵",然后又送了一件布衫——佛学辞典上叫它"袈裟"。弘忍的本意是怕后人"恐世未信其所师承,故以衣钵为验"。一只碗,一件布衫,食有所盛,冷有所暖,天下四季转换,六祖慧能就从容多了。电视上说,印度僧人出门,从不自带口粮,一只碗,印度子民日日供奉,供奉的是自己的前生和来世呢。因此,僧人遍看世界,凡人都是施主。

古人说:埋锅造饭,端碗吃饭。没有饭碗的人,拿什么打理人生?

我循声望去,水在桶里。和尚说:"把水舀在你的碗里。"

同是器皿性质,我与和尚,就隔着那只碗的距离。

李道人极其珍贵的不腐真身,据说就在那堵墙后躺着。我看见那堵被岁月蹭出一些斑驳的石墙,墙前的供台上供奉着佛、道、儒三祖。我说,有人曾经打开过这堵墙吗?和尚说:"有,红卫兵小将!"一个富于挑逗性的充满破坏的词汇。对一切生命而言,破坏状态仅仅是一瞬,譬如生长与砍伐、少女与妇人。我说:"那么,李道人保持着自身的完整,是否出于灵魂可以无限重返人世的诱惑?"和尚说:"不知。"通过长久的修习,定会如佛祖般达至佛境,"登狮子座,乘大乘车",就是要更多的人能去自己想去的地儿。

我说:"你说想去的地儿有甚在等?"

和尚口念:"阿弥陀佛!"

我们大多想象有这么一好去处,极乐。非亲眼所见,不能论断它的是非。几千年了,人从不为荣华厌倦,从来不知什么叫满足。看着一只碗,心思却在锅里,掩饰不了对于"再盛一碗"的不可辩白的一往情深。来去烟尘之中的人物,一辈子都在求得一个"正果",官有官道,民有民径,佛有佛愿,这辈子没求得的,下辈子怕也没见回转。常见的一些"不是幡动也不是风动,而是心动","梦里幻影,空中虚花……是非之辩,都一齐抛掉吧",倒让人觉得有此人生,未免小家气度。我也拜过、求过、乞过,也曾把握善良的分寸,虔诚地战战兢兢跪下,容下弯腰的方寸之地,容不下的是一个人的痴心、妄想。我是俗人,命定,明知不可为,却脱不了这"尘"。

李道人倒是永远封存在那堵墙后了。没人敢再去打开,一则是怕见了天日,尸体腐烂;再则是怕真有劳什子报应。历史存在的形式,就这样在空间的坐标上与时间纬度交合,它们播下一些奇异的种子,只等来年春雨过后就会长出一番天地。我站在茅庵寺门外,远处青山翠岭,迤逦无头无尾,回头看,这座柴扉式的茅庵,披满世纪的风沙,被销蚀的颜色在苍凉中显现出和谐。

美丽的性崆山,终究不是人家。

隋唐的一个注释

　　秋天,九月的北方大地铺满了黄叶,疏雨,以它亘古的幽冥覆盖着万物。我和友人一起走在通往长治城外二贤庄的黄土小道上。前行的空地上弥漫着沉重的水雾,在雾气飞升中我依稀看到了隋唐人的住地。

　　远去了,只能远去。雾笼氤氲天的邂逅。隋唐是酒,酒是豪情。隋唐的豪情是个性而为诗酒结义,也是佛语梵音安详大度。这时的隋唐只剩下一院破旧的庙堂了,以一种淡泊无求的生活态度垂立于高地之上。进得院里,满目皆是关着的门、闭着的窗,静静垂立,风来帘不卷——隋唐根本就是一个没有帘栊的时代啊,英明的君主蓄养着一群仗义的臣子,拼拼杀杀。从门缝往里望,能看到墙上的一些绘画,暗尘浮动,惹人怆然。

　　知道单雄信这个名字是缘于京剧的一出武戏《锁五龙》。京戏里的单雄信虽有袁世海先生曾为之殚精竭虑,可惜了,就其影响而言,无法与梅兰芳的《杨贵妃》相比,梅兰芳的《杨贵妃》作为京剧的气场,已经成为经典,而《锁五龙》里的单雄信,且只能为隋末农民起义作一个注解。注解之处是拿了性命在朝云暮霞中换取帝王家的青睐。读《说唐》,听如莲居士说初唐的好汉皆因单雄信的仗义,往来于潞州二贤庄。当时我对潞州这个古地并无多少概念,更没有想到二贤庄居然存在。破旧是破旧了,好在时间的隙缝里隐约还有隋唐末尾的地气缭绕,不过在单员外住地行走的已非绿林好汉,而我们,还能听到尘封在此的马蹄踏踏声吗?

曲曲折折的回廊院,雨住的午后,我站在这里,有农妇在庙前移植牡丹。她说,要烧香?这里香火旺呢!我说,单雄信已经死在洛阳了,烧香给谁?农妇拍着花褂子上的泥土,抬起头咧着嘴笑。我突然发现上党女人的嘴巴相当阔大,那阔大的笑有一种信赖的安慰呢。一个担水的老汉,在一些种植好的牡丹前停下,一双粗糙起刺劳作的手,提起桶,把水倒下去。农妇低下头看水浸下去,进入牡丹的根。

女人指给我看那些廊檐下放着的砖。那是从地下挖出来的,每个砖面上都有手印拓上去。那手印能代表什么?古时,眼的图形表示人的"眼睛",星的图形表示天上的"星辰"。后来图形进而可指抽象的概念了,如眼可指"视力",星可指"夜空"。后来,图形又简化为符号,用以表示声音。那么,这些拓上的手印是一些什么样的声音?永恒的苍穹下,那些举起的双手,领悟到生命的泯灭，就如同举起又放下的过程吗？在这里，人类空耗的时间已不具有任何意义了，我所看到的手是属于隋唐的。友人说，它象征着生命的精神，是一种不及的企求折射于心灵的温暖光明。——是不是太"文"了？

我为这些死去的灵魂的手无言祈祷。

友人说，不该死时能忍辱不死者有谁？春秋时，勾践战败不死，忍受为奴之辱，闹市牵马，以其终极目的来自赎，勾践不死是一种大业未就的境界。秦国韩信能忍胯下之辱而不与流氓争斗，不挺剑而斗，是大才未展其用，假如拼死争斗也不过淮阴市井一流氓而已。苏武在卫律"以剑拟之"时"坦然不动"，他的面前已躺着一个身首异处的虞常。后来的北海牧羊，他吃草根、树皮就为了活着，活着是为了提升生命的高度。友人说，单雄信死了，只能是以生命为命运作注解了。想想桓公杀公子纠，召忽死之，而管仲不死。召忽死是知道自己没有多大才能，活着也不能有作为，倒不如抓机会死个节烈千秋。难道单雄信之死也是正确判断了自己？其实，历史上又有多少勇夫润了脚下这片土地！华夏五千年文明，云蒸霞蔚，铁血男儿，粉墨登场，充分燃烧着自己的生命激情，抚读沧桑，惜风流人物总被雨打风吹去，谁能说，一身戎装，任瓦岗寨的灯火在背后隐约，他的远眺之处不是潞州古地呢？

有一个富人，为祈福，在二贤庄的庙旁修一座小亭。亭成时，雷劈下，亭毁。据传说，那人突然得了急病，庙毁之日他也由人转换成了尸。一种自我期望的幻灭与无救。人生含泪,死很无奈啊!这个事例很有点意味的东西存在。我站在亭址上,感觉到亭址仍旧保持着亭址的意识,天空仍旧保持着天空的意识,只有人在另一个角度望着这一块空地走神。人哪,活着真就不能够拒绝"偏执"?!

在二贤庄的正门外,生长着一棵槐的孙辈。槐的爷辈因了秦叔宝拴过马而成为风景。说不清为什么,那槐竟深深打动了我,令我长久回望。想秦壮士牵马而去时,单员外必然会踏着落叶拾级而下,守着渐次稀疏的树影黯然神伤。如果一棵树也寄居着阅尽了人间冷暖的生灵,树叶落去,那灵将归往何处呢?雾雨中的槐,风格简洁,傲然不群。友人说,一个地方,无论它有多么荒寂,有了树一切皆能生动起来。那天,我记得有鸟从槐的背景上飞过时一无声响。槐以一种深思的姿态感染了我,生命渐趋寂寞和凄凉,竟不如一棵树能换得千古。

在寺庙的阳光下微笑

在秋天,我和朋友走进一家寺院——定林寺。风吹过,干净的黄土小道上有黄叶落下。我们就这样走着。因为,我不想进庙里的三佛殿、七佛殿朝拜——因不大熟悉佛教的奥义种种,只是想在有佛的寺院的空地上,散淡而无所用心地闲走,只是想看看宋朝的建筑。山野蕴含着古朴的静谧,一种迷离的幸福,那静谧是如此深广、质朴。

进得山门就看见分列有十几米的两棵古柏树。古柏全身的筋骨皮肉都向上扭曲着,形成了一种鲜明的旋转走势,像被千年大风抽上天空的两束干凝了的火焰。浑身苍老的树皮保持着固有不变的沧桑。朋友说,从大宋遗绪与承传的脉络中走走吧,你能听到历史的犹豫和沧桑。那么,从宋那个朝代到今天,我倒为树的古老而感慨了,一个单纯地授受着、接纳着自然而来的阳光和雨水,由宋朝的小苗到今天的古柏,始终都不隐含外形,始终都是满树的枯裂、嶙峋,满树干凝的火。难道这也许契合宋朝人本然的状态吗?真正对于古柏细部的凝死,我则无从注目。

后院一挑大殿飞翘的瓦檐吸引了我。我们从七佛殿后的二堂间的陡石阶而上,就看到止洍、问津二洞。有流水清澈见底,硬币在水底闪着金属的光泽。我趴下去,断了气地喝。经过千年霜雪浸透的水使人精神充足。抬头就看见庙墙上的牌匾:"大清光绪年再造定林寺功德录",人的符号在这里永存了。想想看,人对寺庙的修建真是兴趣酣足啊。从宋、元延祐四年、清光绪到今天,技痒性发中敲凿声再度响起。"广施福田""吉祥幸福"就是佛的丰腴、流苏的衣裙,兰花状的手指吗?那么可不可以说,人的行善,善就是钱、权、名利和一切不弯下腰吃苦的幸福!守候在佛的足下,人是最有耐力的一种动物。

从"耸崣"二亭上登高远眺,心情充满了美丽的对自由的感情。在寺庙的阳光底下微笑,这时,你看到的哪怕是一个古老的年号也不会吃惊,一首题写在古墙上的诗句,只能略微让你同情赏识,足够的闲暇心情生动地反射出了夕阳下红尘中的幸福流泻。"时有风吹幡动,一僧云幡动,一僧云风动。慧能云:'非幡动、云动,人心自动。'印宗闻之竦然……"竦然的感觉是顿悟之美,今天依然在寺庙的阴影和光亮之间传递。朋友说,红尘之欲杀生。那么,我说红尘之欲是最值得逝去或活下去的人们安慰的唯一。这些建筑的寺庙,这些山野的气息,阳光在这里如此沉稳大度，如此安谧迷人。这时，我看到一棵树，一棵生长在众树之外的树——小枫叶树。一种阴柔的绿，在阳光下的空气里充满动感，充满快感。那细碎的叶子，片片充满禅机。远看很平凡，近看却有一种离经叛道的美。它的生长蕴藏着多少无穷无尽的生命能量和佛性流传？它只能是一棵树，所以通常情况下人们对它的审美到此为止。一座庙里的一棵树，被时间关注着，如此而已。

定林寺住着一位从中原流浪至此的无名僧侣。一个中年和尚。和尚在寺院的一角种植了木瓜、木梨树，在另一角种植了菊花。如此，我想和尚的又一个秋天将更为繁华，也更为寂静。那是一个人在无声的繁华中的寂静啊。朋友说，时间在这里更具有相等的疏离的意味，他用熟悉的动作操劳他的一生。我想问和尚一些想要问的问题，和尚不语。我用尽了对男人的所有尊称，和尚仍旧不语。朋友说，这和尚怀有目的。我不这样想。"对那些见到无念的人来说，业（语言）不再发生作用，那么，抱持妄想以及用业破谜，对他们又有什么用呢？"我有疑问因我有欲、有念、有牵挂、有爱，不能如佛家弟子，无执着、无心念、无不舍。不执着就是不起爱憎之情啊，当这样的往心断念时，它既无住所，也无非住所，随时随地确具无念。我们的存在就如同风一样，对和尚是空无一物了。

我们坐在定林寺外和尚耕种的玉米地边，看那些宋朝的砖木和修建时拆下的瓦当，诉说生命的流逝。听远方投宿林间的夜鸟的鸣啼,就仿佛听到了安德列夫的大声诅咒:"我用我的诅咒来克服你,你还能对我怎样!"我也像是一个朝圣的旅行者,在我的灵魂深处,我却看不见六祖慧能那张穷苦人的粗糙的面孔,他对我如宋朝的建筑残缺不全。这时,在山林间谈爱的少男少女相伴而下。这种场面,必然带着浪漫的寓意。想一想,一些不能释怀的事到下山时任何纷争都消解了,感觉如同深山里的秋天,高朗爽洁,带着林中的泥土,宋朝的邈远和点点凉秋的寒意,这样的地方真是爱情再好不过的去处了。满山的山菊花开着,黄的,浅蓝的,一握握贴着裙边,拂过小腿。朋友说,看着这样的灿烂,我会激动得哭。这时,和尚永绝苦因的诵经声飞出寺外:

泉水那个清清了,南无阿——阿弥陀佛!

在回程的路上,我想起一个和尚问长沙景岑禅师:"南泉死后去了什么地方?"景岑禅师回答:"石头作沙弥时,曾参见六祖。"和尚不悦:"我不是问石头见六祖的问题,我是问南泉死后去了什么地方。"景岑禅师回答:"对于这个问题,教你自己去想。"

佛是一些涉及事实而不涉及一般的法则,我不够成熟,因此不悟。

诗人的骨头

　　唐元和十一年秋,诗人李贺骑驴,从潞州古城蜿蜒经长平、泽州、河阳、洛阳,走回河南昌谷。一路上景色萧瑟,铺天盖地的秋色有着一种无力抵挡的哀绝。诗人李贺骨瘦清癯,双眉微蹙,在夕阳下的驴背上又吟又醉,又问又叹,以一首《秋来》诗作为自己的讣词,在最后生命的舞蹈中流泪而去。

　　二十七岁,唐朝诗人李贺生命戛然而止。

　　李贺生于安史之乱的中唐时代。大唐的气候走到这里已经开始有了凉意,退去炎夏的燠热。秋风乍起,万邦来朝的威仪与光荣都已远去,远去得只能从书籍和记忆中寻找。李唐王朝现在所唱的,已是江河日下的悲歌。就是这样一个季节,一个绝非凡俗之辈的李贺在河南昌谷降生了——唐宗室郑王亮的后裔。郑王亮何许人也?唐开国皇帝李渊的叔父。论才情,他七岁能辞章,文采与壮志一起飞扬的十五岁,便以乐府歌诗知名于时。李贺,正宗唐代宗室之后。十八岁即以《燕门太守行》一诗名声大震。这样一个家族,从唐开元到唐贞元,就似一声叹息,一切都在不久前,现在平添的却是一份离去的仓皇。当时的中唐已是内有藩镇割据、宦官弄权,外有吐蕃东侵、南诏北扰,正值内忧外患之日。李贺其时的德宗、顺宗和宪宗,已远不及唐英明的开国之主了,甚至连返照的回光都早已消失。一切的一切就早已埋伏在李贺生命走过的必然之路上。

钟鸣鼎食,镂金错彩。"天子一日一回见,王侯将相立马迎"。李贺一厢情愿地认为,朝廷的重用,是他最终承担振兴李姓江山重任的目的。按中国官位制度,李贺第一步就走了输棋。因父名"晋肃","晋"与"进"同音犯讳,不可参加进士考试。即使仗义而爱才的韩愈为之竭力辩白写了一篇《讳辩》,也无法改变他的命运。李贺不相信有此厄运,同时也不想回河南昌谷,滞留在长安祈盼,他的等待终使朝廷给了他一个从九品的太常寺奉礼郎的小官,就是在庙堂里负责摆设祭品,导引祭拜,缩手缩脚,容不得思想过分张扬。漂泊在外,身单衣薄的李贺,就为这一点走向功名的通途,厚起脸皮把自家心中痒痒的恨和生生的痛隐藏起来。尽管仕途凄凉、险恶,李贺却死抱着幻想不放。"男儿生不取将相,身后泯泯谁当评"? 如果不是身体的缘故,李贺不会辞官,还会等待。

就在身体每况愈下时,一封来自潞州的信,给了李贺一丝生机。在潞州出任幕僚的张彻在信中说,在生活留不下你的时候,就来天下之脊潞州吧,这里的群山勾画出绵长的轮廓,这里的子民以奇特的平静生活着,这里的节度使郗士美,效忠唐皇,将会有大的举措!把你建功立业的雄心放到潞州起死回生吧!李贺,你可是天皇贵胄,王子王孙啊。

是一封流于李贺胸臆的信,也使得他那求助帝王权贵欣赏奖掖的心,又一次复活。元和九年夏,李贺骑驴从昌谷蜿蜒走入太行山深处。"洛阳今已远,越衾谁为熟?石气何凄凄?"何凄凄,"一夕绕山秋"。满山遍野的夕阳,铺呈出了李贺生命最后的另一种悲凉。

李贺是害着肺痨入太行的。从《七月一日晓入太行山》一诗中,看到了诗人苦寒潦倒,竟不如万物能得以自适。鸡鸣、狗叫,穿着玄色唐衫的村姑,李贺饱吸了一口潞地的新鲜空气,那滋味醇厚,竟像是云母片可层层剥离的美好,却胀痛了胸腔。"匣中奏章如蚕",李贺在张彻做幕僚的繁杂工作之际,那颗跃动的心渐渐不痛快起来。他首先发觉潞州的郗士美,根本就不可能在一个藩镇官吏跋扈的社会中有所作为,朝廷根本就不把潞州当回事儿,做幕僚的张彻只是想让他来潞州做垫脚石,他好抽身回长安去。李贺孤身向北而归心向西。他想起太原公子李世民,潞州别驾李隆基。李贺就是冲着这块膏腴可耕的土地而来的,这块土地,风俗淳古。李氏家族承儒守官十几代,李唐王朝,真要大江东去了吗？社会秩序和李贺的向上精神，使他无法从现实的境地拔高自己的立足点。李贺在这块神话创世之地，仰天俯地，长吁短叹，慨叹：“不得与之游，歌成鬓先改。”如夜行的山道没有明月，没有星光，清冷迷晕。他试图以自己的诗名，从上流社会中结交朋友，寻找救助，作揖打拱，陪酒赴宴，奉赠诗赋，但这些毕竟不是诗人的性格。节度使郗士美在一次酒醉后对李贺说：“诗人就是诗人，是自行其是的大鹏，仕官就是仕官，是柔顺谦恭的鹦鹉，你来潞地最大的满足是什么呢？”李贺低头从心里生出一缕凄清，一缕寂寥，一缕迷惘。“身血未凝身问谁？”问谁是向谁、靠谁，谁来主宰诗人的命运呢？李贺的心情在一切虚妄之中沉寂下来，而沉寂下来的心情除了旷茫之外，再没有别的什么了。他无法回答！这是生命走过漫长的时间之后的状态，是失意，李贺行将死去。李贺看到古旧潞州城下渺小的生命如芥豆，看到绝无张扬和怨天尤人的哀叹，看到潞水，一种流动的白，在浩渺的远处消失。

　　如果精擅笔歌墨舞的文人，不以自己过人的特长去展示，反而想换一种活法，这会是怎样一种不切实际呢？元和十年夏，潞州节度使郗士美为保晚节告病还乡，由此李贺对生命有了更深的认识。他开始怀想诗书自适、闲静隐逸的生活。日头很好，无风。李贺骑驴走出野郊。山寺晨钟，落日归云，既然大材小用和不用，就泛爱自然吧。李贺看到潞麻，由此而想到罗浮山地的葛。潞麻在唐初时就已经冠于东方，被誉为“一熟天下贱”，以李贺短暂的生命行程,一生从未到过博罗一带,却在潞地写下了《罗浮山人与葛篇》。那宛如锦帛的麻,也正如诗中所写,光洁如"江雨空",凉爽舒适如"兰台风"。李贺的诗一向以奇诡著称,而虚荒诞幻的涉乡奇绝,由葛而麻也是诗人运意构思的绝想。"长歌破衣襟,短歌断白发",陆放翁在评说李贺的诗中,说他用得最多的一个字就是"白"字,居然达九百处之多;在潞地所写的三十多首诗中竟也有十几处,"雄鸡一声天下白","吟诗一夜东方白","一夜绿房迎白晓","秋野明,秋风白","云楼半日壁斜白","蓝溪水气无清白"。真个是一团白气,很寂寞啊,人生如梦,梦是白,如一场惊鸿一瞥的雪,了无痕迹。

白长夜短,山色空蒙。生活虚妄性在李贺的心中成为无尽恐慌的白。那是对于一片阳光的呼喊,是回望前贤在几十年中的思考仍不能给予的明了,是诗人生命的最后。元和十一年冬日,白雪飞扬的中州大地上,老母号啕悲声动天,李贺化为一缕青烟直冲白日——"文章何处哭秋风","村寒白屋念娇婴"。

自古至今,官居显位而文章不朽的又有几人? 远的说,"屈原放逐,乃赋《离骚》",不放逐,当然就没有《离骚》了;近的说,曹雪芹写《红楼梦》,仕途是大道,大道不通,才弄起"小说",聊以自慰。官位显赫可以磨砺人思想的锋刃,却也会限制一个文人的艺术视野。李贺英年早逝是不幸的,但仕途不通却并非不幸。如果李白供奉翰林后从此青云直上,如果杜甫献三大礼赋后一朝飞

161

升,如果陶潜不彻底与仕途决绝,铁下心来保全文人人格田园隐居生活,如果孔子不周游列国十四年,"累累若丧家之犬",他们后来的语录和诗句,怎么能落笔惊风雨,怎么能千秋百代!

加拿大有一位女诗人安妮·埃拜尔,她写了一首诗,说她是一个瘦骨嶙峋的女人,但长有美丽的骨头。李贺,我们嶙峋骨瘦的李贺,他同样美丽的骨头支撑了他伟大的创作。海德格尔说:"人类在最后能留下来的唯有语言,语言才是我们生命永恒的家园。"一千年后,和李贺同时代的帝王将相、达官显贵、富商巨贾都到哪里去了?为何独留李贺独立苍穹?文留名,武留节,零落野郊冷寂冰凉的坟茔,帝王家所剩的还有什么值得后人去凭吊?

> 桐风惊心壮士苦,
>
> 衰灯络纬啼寒素。
>
> 谁看青简一编书,
>
> 不遣花虫粉空蠹。
>
> 思牵今夜肠应直,
>
> 雨冷香魂吊书客。
>
> 秋坟鬼唱鲍家诗,
>
> 恨血千年土中碧。
>
> ——唐·李贺《秋来》

秋来了,万物归终,温暖的好天气,渐渐走入空寂。残灯照壁,络纬哀鸣,人生如西天落日,在洒窗冷雨的淅沥声中,有谁还在凭吊这个有着美丽骨头的诗人？有谁还能记着"不忘作歌人姓李"呢？在潞州，在紫团山松涛声鸣之中，李贺浮漾着冷飒的微笑，节制着、宽容着，深深地含纳着历代文人的郁闷，牵引着那头导引了他生活的老驴，迈着一步三摇的脚步，在一种气质、一种追求、一种境界中走向不归。

月圆之夜是鬼魂出没的时候，是易致人疯狂的啊，李贺，你这鬼才，在潞州，在这明月之夜，哪里还留有你的足迹！

门前福喜

石雕这玩意儿,也曾风云际会,却总不是骨子里的东西,一时兴过,眼前便真的旧在了那里。或许,在多少年之后,万物萧条,生灭有道,再赏繁华之后的古建骨架,也许让你顿时一痴,半天无语,复叹真正骨子里的东西原本就该如此的"旧","旧"到传统的老根里去。热爱它的人谁敢说它不是自家精神底色里的那束光芒呢? 只有它,方有"如故"和"旧知"的惊喜,都是"门前"的故事,形式虽简约,意趣却雅儒。

先说发现的第一只石头小兽吧。它隐约在草丛中等待现世,脸上还挂着一坨干牛粪,我的眼睛无风起浪。风已经软化了它的蹄脚,噪声在空间里升高,我小心刨出它,如同捡拾到一尊宝物,想象着让世俗一下就静了。

老天,它在荒径中藏了多少年?

那个黄昏,夕阳的晚照下,它如一堆美好的文字推动着我的感情不断地向前滑动。对于收藏物件，一直找不准自己的喜欢，比如那种剧烈的喜欢，总有一种寻觅一直蛰伏在内心最深处。小兽的出现明确了我的方向，爱上了石雕。

有一种庸常生活的底色下的光亮，记录着日常人家炕头锅灶边的家族史，它在并不富裕的人家门前，守望麦熟茧老李子黄，一座老屋，一条老街，它寄托了旧时代的灵魂。抚摸它，能感觉到它从远到近地走来，有响动，有重量，有意趣。

从河道走往村庄，遇见的乡民总是乐观的，河流给了他们性情，给了他们生机，给了他们无比荣华。他们并不在意明天是否还会守着一条河流，面对河流，思绪飘然的是我，对于乡民们，世俗，安稳，守成，也有期待和向往，或许他们的愿望是走出去，把河流遗忘在身后。

生命在时间转换中成长，富于创造天赋，有着高贵心智的石匠们，顽石虽愚，"聚天地之精华，得日月之灵气"，雕琢之下，必将以另一重生命形式获得新生。

先说石狮子。在衙门，豪宅，民居，有门出入的地方，一般都是成对出现。往往是左雄右雌，迎合了人世的思维逻辑：男左女右。雄狮子左蹄踩球，俗称"太师"；雌狮右蹄抚幼，俗称"少师"。狮子的毛发卷成疙瘩状，称为"螺髻"。一般而言，螺髻的数量因宅院等级不同而有严格规定。一品官府门前石狮头可雕十三个疙瘩，称为：十三太保。每低一级就要减少一个。七品以下官员门前摆石狮即为僭越。虽然关于石狮子的形象和配置,从唐宋之后就有了较为固定的模式,但是,在民间不仅有左蹄踩幼狮的"太狮子",还有远远超过十三个螺髻的石狮子。

由此可见,民间的装饰中,所谓"形制"并不具有绝对的约束力。石匠的世界是一个创造的世界,否则就不会有如此众多的珍品奇物造出来。斑驳日影下,看那些历经年月的狮子,它们的螺髻贴着人的体温,长期触摸下泛着冷光。尽管这些创造历史、创造文化的石匠,最后连名字都未能留下来,但他们持久的付出已经嵌进了石头的纹络。

顺着河流走过去,老屋子门前的柱础散乱地在街道上扔着,随处可见。岁月湍流自可以将人世兴衰冲刷得无影无踪,然而廊檐下的柱础,时间却被永远凝固在它的花纹上了。一对上好的柱础,伫立呆看,只觉一股气势迎面扑来,形制各异,动人心魄,不禁为匠人的胆识与智慧而激动。眼下,随着村民的离去,这经年累月沉睡的石头一时为商家所看中,借"文化"之名红了起来,"市场"了起来。原本简单的东西,突然地令缱绻醉眼的俗世"狗撵兔子"似的乱了方寸。

一户村民说,夜里听得外面的柱子下有声响,像是给轮胎打气的声音,屋子里的人大气不敢出,一早见柱子下支着两个千金顶,柱墩不见了。毁坏总是比新建来得快、准、狠。坐在廊檐下猜想着当时的情景,不想原谅这些人,失义取利,人是很喜欢把自己降低到动物本能的。欲望总是让人热昏了头脑的,那么好的东西,是谁一定要安排它这样的结果? 喜欢的东西一定要拥有吗? 历史是与人同在旅途上的,不曾拥有才有想象。所幸人一辈子的时光很快就过去了。

柱础的实用功能是传递柱子上部传下来的荷载,对下部可阻挡地面返潮波及柱脚朽烂和人为碰损,同时具有提升柱子壮观形态与装饰效果。一座老院落的门脸反映着主人的地位和权势,所以一个家族或家庭的名望被称为“门望”,就门的形式装饰而言,门前先有上马石和拴马石,讲究的人家上马石脚踩的水平面上都有浅浅的浮雕,尤其是拴马石上那只猴子,“马上封侯”,历史有了寓意,历史才会动人。青石台阶,门枕石,门头,门脸。长方形的门枕石,一头在门内,托住大门的转轴,一头在门外,起着平衡的作用,为了避免大门转动时产生位移,露在门外的一段多比门内那段长而厚。这段露明的石墩,大都雕有狮子,并列在大门两侧,沁河岸边的人叫它们“把门狮子”,不是那种衙门前的狮子,这样的狮子比独立的狮子更为自由,或站立,或蹲坐,或趴伏;其表情也不只是一种凶狠状,显得嬉笑、顽皮一些。

从衰落的大户门前看到门枕石大多为鼓形,为何是鼓形? 设想一下,沁河流域曾经是舜的活动地带,舜时期作为政治上的开明时期,有“尧设谏鼓,舜立谤木”之说,朝廷为听取百姓意见在大门前设一面大鼓,百姓有事可击鼓进谏,此抱鼓石和彼谏鼓是不是带有欢迎来人的意义？匠人在世上留下了手艺，手艺能流传下来，变化的岂止是形式，一定还有内容的起承转合。

看那些门枕石，从粗硕到细腻，从简朴到繁复，从就地取材到取材青石、白矾石等，演变过程跟随人的财富变化而对应。

雕刻在石头上的图案含有吉利寓意趣事，那时的人活着真是有太多美好的精气神，太多的梦想从院子里走出去。哪怕是从田间走回院子，也是从丰收走近了喜悦。生活在尺度最集中的区域内，他们把过下去的日子设计得细长而深远，满目都是富贵。站在这些石头艺术前，如此怀念旧时光，怀念一个家族把古物演绎为完美，演绎得子孙没有力气和"老屋"说再见。

沁河古院落的柱础规制大体是能看出年代来的。唐宋至明清早期柱石多为下呈正方形，上呈隆起盆状，有如覆盆，也有叫覆盆式。随着朝代的不同，其柱石下端正方形展开幅面大小亦不同，年代越久远，展开幅面越阔，其柱径亦越粗；年代与今天越近，展开幅面越小，其柱径亦越细。元代柱础多为不加雕饰的素覆盆式素平柱础。素覆盆式上端隆起较低，则周边呈圆弧形渐收起，呈扁形圆盆状。无论是从其柱础构架用料粗硕，还是其古拙程度，明代遗存的用料中总还能看出元的影子。

沁河两岸的柱础从平面看，造型有圆形、方形、六棱形、八棱形和上圆下方等形状。即便同一形状，其组合方式与体积大小，又有许多不同，因建筑的大小不同，院落的进深不一，更因为是不同性情的匠人所造。看那些雕刻,有的清洁淡雅,少了一些利禄功名、骄奢纵物的世俗浊气,有的也许是自家手艺不精湛,或主家给少了米面,从做工看明显是徒弟的手艺。考究人家砌房造屋,对于要雕凿的石头是很有讲究的。

听一位年老卧床的石匠说,讲究的人家,雕凿石头的日子里不能见怀孕的女人,也不能见寡妇。怀孕的女人如知道谁家有石匠活儿,一定要绕开走,怕一些心会神通的石匠一时起了邪念,无端给自己雕凿一个残缺的娃娃出来。雕凿好的建筑装饰,无论是压窗石或别的构件,点香磕头放鞭后,匠人开始放置它们,大的柱础和门枕石,一般要请了阴阳先生来,在柱子的柱脚与柱础之间要放上一枚铜钱或银圆,是吉利也是镇物。

石匠家族广博深邃的文化内涵,主要蕴藏在以浅浮雕、离浮雕和圆雕、透雕等雕刻手法雕就的各种器件里,那些雕刻涵盖了动物、植物、人物、器物、文字、几何形图案及其他自然物等方方面面。有人说石匠的手艺是民俗文化的万花筒,我觉得还有一个更为隐匿的角色,完成一种自然的转换,精神在现实里托物寄情的过程。

在晋城玉皇观近旁的关帝庙看见过石制圆柱,雕花圆柱上布满人物,那样的手艺,打远处看真叫人敬畏和尊重。能感觉到时间的重量,它启悟未曾有过的感知,甚至会想活着的意义,与匠人相比我是多么的平庸。它就那样存在,静默不言,以艺术的方式取得了盛气凌人的效果,同时加强了它的最高礼制性质。

在我童年每一天的期盼中,最持久最迫切的愿望是坐在别人家的门墩上,阳光照得暖暖的,傍晚的时候阳光还能把影子照进他们家的青砖地面上,屋里进进出出的人踩着我的影子,或用他们的影子重叠着我的影子,我的影子看上去就像一只守门的狮子。

老宅的门墩,坐禅入定,悟道明心,守着一份时间中涩涩的苦味,投身在门的两侧,旧时的影子,将我带进一种透亮与舒畅中。

如今即使豪宅的门前也已经不见门墩了,没有门墩的门,光秃秃的,显得那么不安定而又弱不禁风。门,是一座房子的文明尺度,在中国古代,进什么样的门是有身份讲究的,门墩也有高下荣辱之分。四壁合围,高墙环堵,朱门红墙,一对门墩守着一代一代人生长,把生命喂养得强壮,让生命静守着它的雄奇和贵重,也静守着它的牢靠和厚实。

当然,还有那沁河女人喜爱的炕狮,被炕上女人用来压小孩被角的,神态各异,都是匠人随心随意的物件。可现在的炕狮少了,原本是家家户户都该有的东西,少,说明了它存在的不重要性。

很奇怪,血脉相连一定要在有了一定阅历之后才能理解,我理解了吗?炕上的那个看小孩的狮子,潜藏了充沛的生命密码的解读,它在接近文明的曙光中消逝掉了。

太多的消逝叫人背负着沉重,是因为炕没有了吗？炕上睡着的人该是穿白袄大襟衫,黑布裤子,打裹腿,小脚,直贡呢布鞋,一脸的欢喜定格在炕上。因为炕,因为睡炕人的走远,一切都成为从前。

走过村庄,看到石桥,石桥上坐着几位年长的女人,她们说话的声音被走过来的我冲淡。傍晚的雾霭浓稠得像米汤,她们一个挨一个坐在石桥上,一边压低了声音说话,一边看着我走来。

石桥的望柱上雕刻着狮子,那狮子几乎可说是一个幻影,只能去想象了。女人们坐在桥栏上,我真希望夕阳挣出雾瘴辣辣地泼在她们身上。借着最后的夕阳我看那望柱,盆口粗的柱子被岁月刮削得瘦骨嶙峋,看那些透空雕刻的花卉华板,已经是模糊不清了。

日本建筑学家黑川纪章说:"建筑是一本历史书,我们在城市中漫步,阅读它的历史。把古代建筑遗留下来,才便于阅读这个城市,如果旧建筑都拆光了,那我们就读不懂了,就觉得没有读头,这座城市就索然无味了。"

每个时代的文明都在城市建设中留下了自己的痕迹。石头是大地的纸张,也是岁月的记忆。保护历史的延续性,保留人类文明发展的脉络,是精神文明建设的要求,也是传统老根的守护。

寺庙中的精神诗藏

一

弥陀殿门外,树老了,叶子黄了,贴地的蔓草疯长,几只麻雀在廊檐下觅食,醉人的安静弥漫进骨缝里。一缕阳光的贴近,让我感受到了温软、易逝、短暂。寺庙唤醒了身体里的安睡,因为,寺庙里藏匿着时节带给我梦呓的欢愉。

是的,一个人唯一可以对付时间的工具,是手艺。

一直喜欢寺庙里的壁画,喜欢那份安静。佛的脸上照着黄昏的夕阳,周遭被咄咄逼人的神秘包围着,在那样的时分里,人显得那么弱小和无助。佛关切地俯瞰着,四下里缄默无言,一切又显得那么生动,不加装饰。庙外,牛羊永远悠闲着一种姿态,庄稼轮回着节气,物质的世界醒着;庙内,手艺人把佛国恒永的快乐定格在墙壁上,任岁月风云变了又换,任人生来了又去,一概不惊,拈花微笑。

我从未见过神灵的存在,因世间无法看见。神于我是滴水的语中可听到大海的声音。神是世俗的,在语言之外,在想象之中。神灵的存在,是从人类原始思维的原始信仰中传承、变异而来的,来自崇拜祖宗、信奉自然、迷信风俗。乡土社会里相互依赖的生存方式,使每个人都不会独立承担人生苦楚,或自享人生甘美。享福之人是在收获自己或前世清白人生的成果,而身处逆境则是在为自己前世的恶孽赎罪。在宗法制度和小农经济的价值观念中,万事万物都由无形的手笼罩,那双无形的手对民间永远是功利的。

由于地理位置和独特的气候,上党地区保存着大量的壁画。这些壁画向世人展示和诉说着佛法无边的如来王国当年在民间的辉煌。

上党,古时对晋东南的雅称。《荀子》称为"上地",高处的、上面的地方。因地势险要,自古以来为兵家必争之地,素有"得上党而望中原"之说。《释名》曰:"党,所也,在山上其所最高,故曰上党也。"上党主要指今天的晋城市和长治市,它是由群山包围起来的一块高地上的两座城市。

在中华史前神话传说中,上党神话以其源流之原始、密度之集中、内容之详备,占据着举足轻重的地位。中国社会大多数壁

173

画与宗教关联,基本上存留在寺观中。壁画的兴起与佛教进驻寺庙,装饰视觉艺术有极大的关系。佛教属于亚洲人的一大宗教,它诞生在喜马拉雅南麓的山脚下,古代印度北部、现今尼泊尔境内。那依傍着河流而产生的宗教故事中,那个叫迦毗罗卫的地方被描绘得庄严神圣,和平安宁。为烘托释迦牟尼抛弃一切荣华富贵、矢志不渝的高贵品格,佛教更把这片土地描绘成花团锦簇、物产丰饶的仙境一般。从社会发展的角度,释迦王子当年所在的迦毗罗卫国,是一个半农半牧为生存方式的土邦部落。即使王族,除了衣食无忧,以车代步,似乎并无多少优裕可供享受。举目世界,贫穷的地区和人群中似乎更适合生长美丽神话。释迦牟尼故去千年之后,当唐僧玄奘朝觐佛诞生圣地兰毗尼时,所见已是颓败景象,"空荒久远,人里稀旷"。

物质匮乏之处,往往只剩下了精神世界。哲学家汤因比总结人类文明起源的动力时指出"优秀需要苦难",这一"逆境的美德",在不超越限度的艰难环境的刺激挑战下,应战的后果即是文明与创造的结果。

最早,生活在高地之上的上党民间,他们不为外物所动,自信自身富足,也认同具有超自然的力量存在,因此,把日常社会关系准则也带进了因果报应之中。壁画的出现具有多重复合性和实用性,和佛教进入民间有很大的关系。

一座寺庙里佛、道、儒三家思想逐渐合流,和官家意识形态对

174

这种合流的默认与鼓励有关,似乎彼此之间的差异并没有不可逾越的鸿沟,民间也没有感觉特别的心理震慑与精神约束,对求什么得什么只是一种兴趣,一种欲望,一种消闲雅事,一种依靠,一种在生活中解困脱厄祈福得佑的对象。他们找送子观音求子,去道观乞长生不老的秘诀,拜龙王以得雨,叩菩萨保平安。神的出现不可去探讨真与假、融与离,因为民间对神的谱系理解都是具体而实用的,崇拜者与神灵只是单独的心灵交流和依赖,神不说话,人只是形式的付出。实用观念使农民相信,所有的神都可能带来诸如此类的好处,神是无所不能的,都不该轻慢。天、地、财、土地、灶王等神祇,不管从哪里来的神,都使得民间生活于一个相互依赖的多重社会需求中。

寺庙中的壁画,是一个真实、自信的文明存在,它并非幻想的乌托邦。

从寺庙的房屋建筑中可以看到,历史上走出家乡的人们,心里怀着家乡中心的快乐,乡村里的寺庙就是信仰的土地"心中的日月"。"五更三点望晓星,文武百官上朝廷。东华龙门文官走,西华龙门武将行。文官执笔安天下,武将上马定乾坤。"这是安定团结同在的一种宇宙观,有规整的社会秩序在里面,所以,壁画的世界也是人的规整世界折射。民间口语复述,"天上神仙府,人间宰相家",是人对某种好日子的预期或期待,而这样的人生奋斗过程,使得民间难以主动地变更其对于权力的从属关系;本来,神灵世界与现实世界之间并无严格界限可言,现实世界庞大的官僚机构在民间看来是无所不能的,宗教的进驻在中国完成了专制体制下君臣关系的翻版。

二

江上清风,松间明月,壁画艺人,手中一支笔,指点山河,激浊扬清,怀抱的虽是"致君尧舜上,再使风俗淳"的治世经国理想,私底下怀想的却是群山中的奇峰,激流里的风樯,开合的云涛,奔走的鸟兽,把一个简单的手艺人的风骨转化为笔底风光。看庙宇遗留在山门、大殿墙壁上的麒麟、凤凰、龙虎、山林、旷远,你会想到,只有把笔墨与信仰熔铸在一起的人,才会把生命对自然的渴望转化为笔底风光。

仰头望去,风铃不因鸟的鸣叫而消失,许多的时尚原本就是从古时开始的呀。

壁画的最主要功能是教化世人,人造的神被赋予了人性,他们不仅具有超自然的力量,也有凡人一样的衣食住行和七情六欲,既是超凡脱俗的,又是入世随俗的。既然佛是可以帮助自己的无所不能,为了获得帮助就要心甘情愿地把自己置身于佛教故事中,如神仙会盟、佛祖尼连禅河边修行、老子骑青牛出函谷关、汤王桑林祈雨、舜王孝敬盲父、关公古城斩蔡阳等故事,其核心就是宣扬忠孝节义。在壁画所指出的生活境界中得到人生的情趣，在宗教的仪式里感受到天理与人心的沟通。大量佛本生的故事，表现了释迦牟尼佛前生无数次轮回转生中，或做国王、王子、婆罗门、商客、仙人、苦行者、各种动物时，为了授法和救助他人，不惜抛弃自己一切的行善画。

在我的印象中，壁画的题材，好像都是依据佛经得来的，但奇怪的是，同是壁画，同是佛的故事，不在同一个地点讲述出来的就大不相同。例如敦煌壁画中有一个"五百强盗成佛"的故事，而上党地区提到的五百罗汉故事似乎有着相同的命脉又似乎大不相同，但是有一点它们是共同的，那就是放下屠刀、立地成佛。

传入上党的佛教壁画内容受大乘佛教的影响较深。大乘佛教也是唐玄奘历尽千辛万苦去西天取来的"真经"。在佛教文字和美术上最为生动的表现，是描写佛的前世无数次牺牲为善的故事，例如"二十四孝"故事等等。民间，起源于以血缘观念为中心的家族意识，使得民间始终生活在一个相互依赖的多重社会关系中。唯上的向心观念使他们难以主动地变更其对于权力的从属关系，而孔孟的中庸观念又使他们追求宁静祥和的田园生活。世俗社会生活观念历久弥坚，民间的佛经传播受到知识认知的限制，壁画故事产生便充满着丰富的想象力和艺术性，所带给人们心灵的震撼，比简单的说教更具感染力。

尽管上党地区农民敬神目的是寻求神的帮助，但他们并不想和神灵保持过于密切的关系,这和农民与政权间关系的若即若离一样。他们只愿在空间上与神接近,在规定时间内进入寺庙,表示一番敬意。信仰对于信徒没有特别心理震慑和精神约束,信仰者可以根据自己的理解、兴趣和知识构成来理解,这样状态下,墙上的壁画只是一种知识、一种情趣、一种生活的消闲雅事。如是,山水画、花鸟画、动植物画以高远为主,云烟四起的笔墨语境中,能看到山间草露之润、鱼虫嬉水之乐、旷谷潺溪之悠、崇山长岚之逸、孤山幽居之静,超然于人间的理由和缘起之趣。

壁画里同时又融入了部分戏剧故事。戏剧故事让人们明白了凡俗人间真实生活的再现。壁画中的戏剧故事,基本上都是以能被人理解的人物出现,劝人向善,劝人重情,抓住一点真实的、最基本的东西,尽量让不识字的乡民一看就懂。

戏的世界就是现实的世界,被神赋予了福报。神不仅具有超越自然的力量,也有凡人一样的衣食住行和七情六欲,既是超凡脱俗又是入世随俗的。既然现实生活不由神来主宰,也就可以在一定范围内予以改变。因此,他们寻找神、仙、佛和其他能提供帮助的神祇和精灵,效仿人际交往原则,常许下某种心愿作为回报,诸如:重修寺庙,重新粉刷庙墙,重画壁画故事。

我在沁县一处破败的村庄高地上看见一座破败的旧庙,寺院的规模很大,有旧的石碾和石磨,三进院,荒草丛生,有半壁墙还在。我留意它的墙体涂层很厚,果然,一层一层剥落时,我看到了宋元时期和明清时代的壁画,四层重叠,会发现一个有意思的历史现象。

最里层是宋元时期壁画,裸露出来的一角有一张人脸,半个身子,头戴官帽,手持马鞭,马头已经剥落,像是正策马奔驰。描绘的应该是"萧何月下追韩信",动静结合,寂静的山谷仿佛回荡着战马的嘶鸣声,寥寥数笔,可见宋元画风,画匠不是在画画,而是在用笔支撑自己的人格,负载苦难的重压,告示生命的追忆。再一层是明显的明代壁画。明太祖朱元璋出身布衣,有佛教背景,提倡简朴,反对奢华,故而明代官场简朴之风弥漫。明代绘画基本重复宋元,崇尚淡雅,不尚重彩,引入禅意,构图简洁。

剥落了最上一层,依稀看见画的是一妇人与一童子,一位官人立在马旁正向妇人拱手施礼,妇人做回头状。我猜可能是《秋胡戏妻》。"秋胡戏妻"的故事最早出现于西汉刘向的《列女传·鲁秋洁妇》,但这一故事能在民间广为流传,得益于元杂剧《鲁大夫秋胡戏妻》在舞台上的长演不衰。在男子外出征战,女子持家主内的战争年代,对于维持社会稳定起了一定作用。这幅明代壁画中最重要的因素就是政治力量的介入。

这个进程虽然从明代隐约有了苗头,但是,结果却是从清代看到。

清代壁画是中国美学的凝冻期,一方面传统还在惯性中运行,另一方面古典美学显然处于衰减期。清代乾隆时期,经济高

179

度繁荣堪比开元，却难以掩盖美学的贫乏。于是枯寂就不能成为美学的格调，乾隆朝唯一可说的是戏剧，把原本是娱神的形式变成了忠孝节义的图谱。艺术家们不敢面对现实，训诂成为时尚，隐约能看到时代流风所带来的端倪。山水是枯寂了，了无魏晋和隋唐的生动自然，人物虽然是写实的，但是已经缺乏了艺术的典型化，明显感觉到了手艺过渡到经济消费利益中来，壁画勾勒线条不注重比例，调出的色调看上去丰富充足，其实讲究的只是华丽浮躁。更有甚者把"佛"画成"人"，已经彻底抛开了"画从经中来"。因为经历了风吹雨打，表面已经模糊不清，似乎是佛教故事，有一只手翘着兰花指，那翘指少了生动传神。

有几个农民坐在荒草中间烧香，望着我发了一会儿呆。我抬起头来，白石灰中掺杂的头发还看得见，雨水冲刷下来的黄泥像珠子一样挂在那些头发上，成为引发我思绪最为简单的色彩。天空有多大，大地就有多大，这些农民看样子从来就不想求得荣华富贵，喜欢的只是来到寺庙烧炷香后的去病消灾。面对壁画，已经找不到画者当时那种无垠的空间和那种缓缓涌来的吉祥如意了。

绘画艺术是自然界和人们心目中一切美感的具象化表达，再严苛的宗教戒律也无法压抑画者对美的创造。从绘画的兴盛来讲，六朝的绘画讲究神韵，宋代的绘画崇尚寒荒，元朝的绘画追求逸气，明朝绘画体味禅意，清朝的绘画钟情空寂，画的灵魂都在精神层面徘徊。壁画艺人从历史深处走来,他们来自民间,身上没有书斋文人的那股酸劲,画是他们的生存之道,青山绿水养育了他们的性子,艺里艺外皆是艺,不媚俗,不肯降格以求,感情上信守着一个"艺"字,每一次提笔都有自己的原则,在安宁的温馨里孤寂地体验人生的喧嚣和繁闹。墙上的风景就是他们心里的风景,那种沧桑的美和随意的意境,朗照一切并洞穿一切,让世人顿悟在世间的修行。

上党地区历史上战乱频发,也是历代兵家必争之地,大量流民迁来此地,当时称王者也多为汉人和匈奴人,所以,汉文化和多种其他民族文化杂糅在一起,使得上党地区的佛教艺术具有极为不同的风格。

壁画的兴盛为后世的人们了解当时社会的政治、经济、文化提供了极为宝贵的资料。从这些壁画中看到了释迦牟尼未成佛前的"供佛图",这位佛家大师竟然虔诚到头朝地,以倒立的方式拜佛,表现了心诚则灵的处世学。有的壁画中还出现了蓝眼睛、黄头发的波斯商人。在这些壁画里,我们还看到了当年突厥人的兴盛和他们崇拜狼的痕迹,生性好斗并且骄傲的突厥人曾一度成为西域霸主,然而应了"盛极必衰"这句话,最终在威胁唐朝的西域统治了二百年后走上灭亡之路。但是,历史却公正客观地在某个角落里顽强地显现了突厥文化当年的辉煌。面对这些壁画,我们不难得出"全世界的美促成了全世界的文明"的结论。

所以,一个健全的世界必然是共同发展、相互交流的世界。这点在上党地区的壁画中随处可见。

三

文学,一个引领时尚的标尺,它无形地影响着画匠们的绘画风格。绘画是艺术创造过程,但是,艺术从来就是极具个性的劳动。上党地区汤帝庙多,有庙宇里的壁画,画的背景上有两扇书法屏风,一扇是唐代诗人刘禹锡的《陋室铭》,另一扇是王羲之的《兰亭序》。匾额是"敬之"。"敬之"一词出自《诗经·大雅·文王》:"穆穆文王,于缉熙敬之。"说明画匠有相当的文学水平。

寺庙墙壁上的时间是恒定的,光明永在。时间的未觉,时间的停滞,时间作为第四度空间,让你在那个切近的空间中,告诉你万物有灵论,因为,世界是活着的——活着的万物,风和雾,雨和雪,所有东西都具有生命力。

随着佛教思想的传播,上党地区有了"善恶必报"的因果观念,有了上天堂、下地狱的对灵魂的善恶之分。这样便出现了一些因果报应的壁画,此生的灾难源于前世的作孽,而今生的富足则是前世善行的报偿。人死后要依据其生平获奖罚。受奖者的灵魂被送往西方极乐世界,来世会博得荣华富贵、光宗耀祖。

壁画是一门高深的学问,以我对其浅显的了解不敢妄下雌黄,但是这并不影响我和许许多多的人对于壁画的热爱,哪怕仅仅是好奇。

壁画是立体的电影,面对这样的一幅幅历史巨片,人的浮躁、人的狂妄是否可以立马灰飞烟灭?

我看到画中的一尊菩萨,头戴镂金尖顶宝冠,面部轮廓近似笈多式佛像,表情宁静、悲悯而温柔,右手优雅地轻拈一朵莲花;他佩戴着宝石项链、珍珠圣线和臂钏手镯,丝绸腰布纹饰简朴,呈现女性优美的三屈式;周围的爱侣、孔雀、猴子、棕榈、山石,五彩斑斓,构建出繁密幽深的背景,衬托得菩萨形象格外丰满明丽。这时,我第一时间是想到了手艺的美好,接着那些花明月朗的愿望就诞生了。超凡出尘的灵性、德行、韵致和姿容之美,常叫我对悲凉的世道、凋敝的人心陡增暖意,且光华熹熹。

事实上,早期的佛教中并没有佛像,信徒们只是以脚印、法轮、宝树、舍利塔来象征佛陀。

民间相信大地深处与神灵有某种神秘的联系,因此热衷建庙,主要用于修行及信徒进行宗教仪式。寺庙中的壁画多以佛本生故事为主;多以象征手法作表现形式,如法轮、莲花、小白象等;以人像和建筑图案配合为特色,构图富于变化,线条流畅,笔法洗练,色彩绚丽。

壁画还有一个重要部分是世俗性题材,社会生活的各个方面都有所体现,如帝王宫廷欢宴、狩猎或朝觐的场面,飞禽走兽、奇花异草,等等,构图活泼,栩栩如生。这些久远的艺术已成为古代印度宗教、艺术、社会生活的重要留存,也是后人了解历史的最直观的索引。

但随着佛教在社会发展进步中日渐式微,这些壁画终被废弃。

在一所破败倒塌的寺庙断墙前,我看到了戏剧折子戏《杀庙》。这是《秦香莲》中的一场戏,居然也画在曾经的庙壁上。韩奇属恶人之鹰犬,却天良未泯,心怀正义。行凶之前,陈世美唤他前来,先是备了酒,又在盛酒的盘子里放了五十两银子,然后吩咐说:"城南土地庙内,有一秦姓妇人,领着一双儿女,是我的仇人,今派你前去除我心头之患,不得造次。"这出折子戏《杀庙》,无论是啥剧种,都因此成就了一个又一个好须生。

杀手杀人是不犯忌的,不为啥原因,只见刀头带血。他唱了这样几句:"她母子把我心哭软,刀光霎时不放寒。背地里我把驸马怨,心比虎狼更凶残。你和发妻有仇怨,我和她结的哪里冤。把他的银两我赠予你,你母子逃走莫迟疑。"韩奇犯忌了,做了一个杀手不该做的事。秦香莲似有恍惚拉着一双儿女要往庙门外走时,韩奇突然大喝一声。走与不走之瞬间,杀手韩奇考虑到了自己的性命保障。秦香莲这时也明白了江湖规矩:"要杀就把我杀了,留下这儿和这女,权当是大爷你亲生。"这一场戏是人性的自我"肉搏",终于,韩奇决定以自己的死,换取她母子三人的生。

壁画上画着韩奇赠秦香莲银子,地上跪着两个孩童,韩奇一身皂衣,人显得很文气。秦香莲也是一身黑衣,台词里有"破烂罗裙"之说,一个穷愁贫贱的善良妇女,所有的积蓄都省下供老公进京赶考了。我想当年画匠一定是一个忠实的戏迷。几千年传统的封建社会,呻吟在漆黑一团的生活中的弱势群体,从韩奇这里看到了活的希望,杀手是有人味的,那些运气来了,鬼都撵着涂脂抹粉的人,多么的黑心黑肺。

《秦香莲》中包公也是一身黑,连他自己都唱:"头戴黑,身穿黑,浑身上下一锭墨。黑人黑像黑无比,马蹄印长在顶门额。"有些寺庙的壁画中也画包公,大多是陈州放粮途中的画面。老百姓喜欢这个官儿,似乎是前无古人后无来者,天地间独一。他的唱词中有"百姓也是娘生养,哪点与你不相同,她虽身贫有血性,不过未曾生皇宫"。戏剧就是戏剧,壁画就是壁画,生活就是生活。宋朝到现在,我们的百姓看不到生活中的暖热,你出生在农村就是农民,不说皇宫,想长成近似城里人那张脸都难于上青天。韩奇,包文拯,世界之大没有第二。

民间有正义的心跳,这出折子戏发生在寺庙,土地爷没有出手,杀手舍身了。现在他们又出现在寺庙的壁画中,不知道是否还能给民间活着的勇气和生存的希冀?当寺庙不再成为民间的精神栖息地,谁又会在乎那庙墙上画了什么"东西"!

这是一个没有声音的世界,但这些历经千年的壁画却仿佛在诉说着什么。那是连接眼前的神界往来在俗世之间的桥梁,循着这条公路,我将回到那个红尘纷扰的地方。

民间信仰,是从人类原始思维的原始信仰中传承、变异而来的,是民间思维观念的习俗惯例。民间时期农村广泛流传着崇拜祖先、信仰神灵以及各种迷信风俗,成为当地农民精神生活的重要组成部分,至今仍在绵延持续。民间信仰是富于特色的,它是这一地区乡土文化和农民精神世界的真实写照。

四

只要置身于繁华静谧的壁画空间,我便体会到一种无限自由的快乐,我心里从来没有像现在这样失掉了任何抵抗,时间在墙壁上遗留下来。

有什么样的时代,便有什么样的艺术。

贫穷滋生艺术。曾经的时代,人民不仅信仰众多的神祇,也认同具有超自然的力量存在,同时在戏剧的教化中也肯定社会的良心,种种使得民间始终生活于一个相互依赖的多重社会关系之中。可惜贫穷至今仍然在延续,苍蝇拍翅,蚂蚁蹬腿,人间的艺术繁荣得如此有力,不知为什么,我总觉得那热闹与艺术的本质相去甚远。

那些即将剥落的壁画,实属珍稀罕见,是手艺人的留存。它们的存在于当下的官僚来讲是破败,不是欣欣向荣。对于拥有权力的人来讲,除了满足探索打造开发未知事物的好奇心,满足用人至上获得做法和想法出口利益,老祖宗遗留下来了什么东西已经不重要了。

在生活泥沼中闯出一条获得内心感受的道路,这条路归结为一句话——"为艺术而艺术",一切之外已经是自作自受的苦修。我再也不想看那些具有高超演技竞相登台的人表演了,我只想让艺术的幽灵统摄我们的生活,来抚慰心灵并点燃活下去的信念。

生命充满了生与死、爱与恨,充满感知又处在未知,在精神底蕴无比深刻的荒芜之上,生存之外,循迹攀升,我能够找到声音的旋律,找到白天与夜晚交替的节奏和韵律,找到解救、释放、安稳,然后进入神奇之境。

寺庙,把我和现实社会拉开了一段距离,有个歇处,歇着,看自己和心的世界。

辑四　文字时光

赵树理永远是一个高度

我在现代文学馆看到赵树理,他看上去很瘦,显得心事重重,前胸贴着后脊梁,身后是一头小毛驴。我对毛驴很熟,因为,我小时候和它住过一个窑洞,它是一等一的好劳力,尽管我已被柏油路和现代交通工具宠坏了,但是,我想起骑驴上山、下山的日子依然激动。赵树理穿着中山装,看上去不像牵驴人,牵驴人应该穿棉袄、系腰带、绑裹腿,他牵着驴是为了和他搭伴思考问题。他不仅会写小说,还会写戏,还懂工尺谱,还能拿得起乐器,还识得阴阳八卦。这么一个有才华的人生长在乡间,恰恰又是乡间恩养了他的天赋。因为他本是农民,一天三晌下地干活,他知道了一些农民有意思的事情,后来这些事情就促成他当了作家。他当了作家也是写农民,他离不开那一方土地,因此,有了现代文学馆这样的造型。

当一个作家是多么不容易!我在阅读他的作品,在不断走进他所叙述的人物和故事中，我清楚了，是一条河和两岸的生灵规划了他的大命运，同时也促成了一个作家的品质。他是如此的爱惜字纸，就说书本掉在地上，他先要弯身捡起来，用衣袖拂去书上的灰尘，再放到头上顶顶，才放到原处。凡是遇到有字的纸片，他都要把它烧成灰然后祭到河里。他是一个懂得尊重万物的人，他的尊重来自泥土！他属于上个世纪的人，但是，他永远属于下一个世纪、下下个世纪的文学。他是一个高度，后来人没有逾越的可能。

一部《小二黑结婚》，足以代表一个时代。一个时代总结在一部作品上，一个活着的、有很高心智的作家的影子就这样显现出来了。而我，还有和我一样的读者，只能站在一边观望：他留下的那些个声音，那些个痕迹，那些个用独特的语汇所形成的语言，他怎么会有如此好的想象力和丰富的言说呢！

　　　　送情郎送到大门以南，

　　　　兜兜里掏出来两颗子弹，

　　　　这一颗与你把敌杀，

　　　　这一颗与你保家园。

他面对的是一种生动而不加修饰的写作，是口语化的，像心情放松的乡间女人炕头对丈夫的交代，他的写作是面对底层的。1959年赵树理的《公社应该如何领导农业生产之我见》，成了他对"大跃进"时期偏激的万言书。他在恳请领导指正的同时，也说明白了自己思想上大概是出了毛病;正因为出了毛病,他才要求领导指正。他用这种否定来讨得领导的商榷,然而,我们的领导是多么的独立!信和文章终于酿成祸根。一个人,他是农民中的圣人,却是知识分子中的傻瓜!

他的儿子给他的信中,只写三个字——父:钱。儿。他回儿子的信也只有三个字——儿:0!父。他们不是在玩文字游戏,如果清楚了那是上世纪 60 年代,有多少人因营养不足浮肿得像个发面馒头,就会明白什么叫生活和生活中的无奈。他不是混迹于官场的出色文人,那个年代里最容易产生双重性格了,因为文人也是人,也需要规矩、服从、倾轧和欺诈,也需要伪装、假话、讨得好脸儿;但是,他不是,他的生命就断送在"他不是"上。他从农民中走出来,他最知道农民,他最知道中国社会暴风雨的中心,农民因土地掌握天候;但是,这个社会中,农民永远只能握着锄头。

赵树理是一个高度。他朴素得像泥土,真淳得像地垄边上的垒石,在上世纪的作家之林中,只有他才配得上"人民作家"这个至高无上的称谓。

怀念那迎风奔跑的年龄

一

那是仲夏夜的如水月光下,孩子们在暗影里捉迷藏,似一尺厚的虫声从黑暗处钻出来,让人几乎找不到藏身的地方。头上的空间出奇的高远,黑黢黢的大山迷离而又虚幻,有夜鸟飞过的地方,一个饱经沧桑的声音传过来:

"捣蛋鬼们该瞌睡了——"

是我祖母的声音。她喜欢坐在马扎上打瞌睡,她喊这句话时,多半明月当空了。

乡村生活的舞台就是院子。劳动是艰苦的,也是快乐的。每一种形式的劳动,都可能带给静夜意外的惊喜。很多时候,大人们心不在焉的笑声里总有对子女们的牵挂,一阵慌乱的脚步声走过,那笑声戛然而止:"黑来了,小心磕碰哦。"

童年是一个不知轻重的年龄,跑过柴草垛,谁家娃跌了一跤,"哇哇"的哭喊声能让夜宿鸟扑剌剌地越过院墙。

大人抱起娃,拍打着他的屁股说:"再哭,狼来了。"

"狼来了。"我的童年记忆一直停留在这句吓唬人的口头禅上。老猫以高冷的姿态从院墙上走过,大人们说庄稼地,那些产出的经济作物,在一天的疲劳中等待又一个秋天到来。

院子里的人声,所有故事,是我想象最初的展开,也是我所理解这个世界的雏形。乡村,童年,老汉,满脸皱纹的祖母,无往不胜的岁月,故乡人没有因为活不下去时失去活下去的勇气,而活着,对他们,只要走出院子就能望见高山了,和自然界的沉默相比,人没有不快乐的理由。

记忆中的童年,道路牵引着我,遥远处,指向了我可能走出的山外。

那时候,我根本不知道自己今后的命运会是什么,没有一个人告诉我。多少年之后,为了生存,我去学戏,懵懵懂懂地走出了大山,由此改变了我的人生走向。

然而,蜗居在城里的我却怎么也舒坦不起来,童年的人和事一直在我的内心深处舒缓起伏着。

我母亲是小学老师,上个世纪的乡村,小学老师调动频繁,夏天或秋天,我和母亲坐着毛驴车,拉着家当,换地儿去另一个村庄教书,我的童年跟随母亲走过了当时我们公社管辖的所有村庄。

毛驴,乡间小道,村庄里的杂货铺、铁匠铺、供销社,所有村庄的村口总有一棵老树枝叶繁茂;在阳光的照射下,浓叶中露出的屋瓦灰墙;最好的屋子用来做教室,没有院墙的学校,隔着窗玻璃就能望见青山。

"世界的本质就在于它有一种味道。"

回忆童年事,已经成为日常。常常是在黄昏降临时,留一方天地间的尘土下,屋外的树暗成墨色了,我似乎也寂寞得迈不动步,我把往事揪扯出来。什么是寂寞?寂寞是经得住煎熬的事,可能是时间、色彩、尘土、草木、琴音,也可能是大得无当小而不定的东西。

寂寞已经成为我的一种背景和氛围,我无法不去亲近。我穿梭在童年的往事中,四下抬头,童年流溢在望远的目光中早已不归,可为什么我的记忆总是停留在迎风奔跑的年龄?

二

多少年前,曾经有这样一幅画落入我的眼前,驴,老皮松弛的汉子脸,脸上表情负气而决绝,天气,物,光线,都是无法复制的,深埋于心的隐痛,伴随着成败得失,张开眼睛只看见往事和故人,苦了一辈子在世上没有留下任何声名,忍辱含悲。

196

大多数人，哪里又谈得上成败得失。

我的画作一部分来自舞台，一部分来源于这些没有成败得失的人事，我从他们身上知道了什么叫生动，他们是一群守着自然秩序的凡人，对所有有生命的灵物都以兄弟相称。

我记得当年家乡一条河水断流了，村庄里会唱小调的人就站在河道上，唱他们自编的曲儿：

四月里立上冬，

天气刮了一阵子扫长风。

豆荚刮到了树杈上，

麻雀鸣的一声刮到了北京城。

五月里端阳节，

打雷忽闪下了一场雪。

老母猪下了一只雪白羊，

聪明脑袋扯在了狗腿上。

六月里数上九，

十人烤火九不走。

路上碰见了人咬狗，

拿起狗来捣石头，

石头咬了人一口。

七月里来雪花飘，

聋子听见放大炮。

哑巴唱戏唱的是没眼桥，

　　一条腿蹦他十八丈高。

　………………

他们一直唱到十二月，最后一句唱：

　　颠来倒去活一年，

　　稀里糊涂过日月。

　　黑色幽默将民间的苦难调侃得生动活泼。他们让我懂得所有苦难的经历都是美好的因果，感受生命里的爱，对我的当下而言，无论写作，无论生活。

　　作家冯骥才说过，每个人都有两个自己。一个是外在的、社会性的、变形的自己；一个是内在的、本质的、真实的自己。就是两个心灵，两个自己要交流，如果隔绝太久，日久天长，最后便剩下了一个在地球上跑来跑去、被社会所异化的自己。

　　写作和画画的两个我，画画具有着魔的魅力，热爱驱使我，在约定俗成的日常生活中，写作把不受约束的人性挑逗出来，一种不安分的，一种与我自己的品行、风格相呼应的，一种精神上非常集中的难以言喻的东西，在躁动不安中我用颜料安定了自己。

　　画画让人的灵魂有一个停顿式的净化，这是很重要的一个方面。

　　感谢岁月，它让我挣脱自足，活得疯癫。

故乡装满了好人和疯子

我常常在黄昏降临时看世界暗下来,在某个瞬间,涌动的人流猝然凝固,黄昏是一天最安静的时刻,我能听见那些老旧的家具在黄昏的天光下发生着悄悄的变化。一切变化总是悄悄的。就像人的日子一天比一天短。黄昏能够安静下来的日子总是乡村。乡村过日子饱满的元素其实有四种:河,家畜,人家和天空。如果没有水,万物是没有生气的,而人家则是麦熟茧老李杏黄,布及日常,可乐终身。

以写作为媒,传达个人经验。而个人经验千差万别,我的人情事理发生在乡村,我看到我的乡民用朴实的话说:"钱都想,但世界上最想的还不是钱。"乡民最想的是怀抱抚慰,是日子紧着一天过下去的人情事理。山之外的知识勾着我,离开乡村意味着逃离乡村,逃离便意味着再也回不去,同样一个人,谁改变了我的情感?人在时间面前就这样不堪。所以,天下事原本就是时间由之的,大地上裸露的可谓仪态万千,因天象地貌演变而生息衍变的乡村和她的人和事,便有了我小说中的趣事、趣闻。乡村是我整个社会背景的缩影,背景中我得益于乡村的人和事,他们让我活得丰富,活得兴盛。乡村也是整个历史苦难最为深重的体现,社会的疲劳和营养不良,体现在乡村,是劳苦大众的苦苦挣扎。乡村活起来了,城市也就活了。乡村和城市是多种艺术技法,她可以与城市比喻、联想、对比、夸张。一个奇崛伟岸的社会,只有乡村才能具象地、多视角地、有声有色地展现在世界面前,并告诉世界这个国家的生机勃勃! 乡村的人和事和物,可以纵观历史,因此,对于衰败的故乡,我是不敢敷衍的。

我是乡间走出去的懂"知识"的人,没有一株青草不反射风雨的恩泽。乡间生活的人们对我来说,是六月天的甘霖对久旱不雨的粮食的滋润,我就是那粮食,是乡间生活的人们给了我养分。这个社会上如果我活着不能做些有益的事情,我就愧对了这片厚土! 我幸福的记忆一再潜入,让我想起乡村土路上胶皮两轮大车的车辙,山梁上我亲爱的村民穿大裆裤戴草帽荷锄下地的背影,河沟里有蛙鸣,七八个星,两三点雨。如今,蛙鸣永远鸣响在不朽的辞章里了。坟茔下有修成正果瓜瓞连绵的俗世爱情,曾经的早出晚归,曾经的撩猫逗狗,曾经的影子,只有躺下影子才合二为一,所有都化去了,化不去的是粗茶淡饭里曾经的真情实意。人生的道路越走越远,我终于明白了生活中某些东西更重要,首先肯定,于我,幸福一定是根植于乡土。

　　我在整个春天举着指头数春雨,一场春雨一场暖。我牢记了一句话:所有情感都很潮湿。春天,去日的一些小事都还历历在目,人是一个没有长久记忆的动物,可记忆有着贪婪的胃口,总是逃不脱回忆童年。由盛而衰的往事,以生命最美丽的部分传递着岁月的品质。一场秋雨一场寒,人类所有的痛苦都涵盖在失去季节的痛苦里,如今,时光搁浅在一个只有通过回忆才能记起来的地方,那个地方总是离乡土很近,总是显得离人群很近。我用汉字写我,写我的故乡人事,写永远的乡愁。事实上我的乡民都是一些棱角分明的人,只有棱角分明的人入了文字才会有季节的波动。看那些被光阴粗糙了的脸吧,像卜辞一样,在汉字组成的这块象形的土地上,所有的文字都是他们活着的安魂曲。

　　故乡装满了好人和疯子。文字有它的源头,文学不能够叫醒春天,在贫瘠的土地上,除去茂盛的万物,我从不想绕开生,也从来不想绕开死。生死命定,生死与自己无关。或许正是和世界的瓜葛,文学的存在对社会的价值就只能是一个试探。即使一个优秀的作家竭尽全力呐喊也是微茫的。写作者就这样在物质条件匮乏的精神存在里流浪,才懂得什么叫心甘情愿。我一直把"知识"看成攒钱,看着众多的书籍,我越来越孤独,越来越讷于为人处世,我孤僻着自己,中药一样的人生,我把对农业的感恩全部栽种在文字里。

我越来越依恋故乡,城市让我没有方向感,那些哗哗作响,那些嘈杂的声音,心像挂在身体外的一颗纽扣,没有知觉。一切意味着我已经离不开故乡那些好人和疯子,意味着对我漫长的骚动生涯的肯定,又似乎包含着某种老年信息。我已经没路可选,路的长短,一个不能用简单的测量计制来说话的数,我在路上,我的出生,我的亲人,我的朋友和老乡,他们给我他们私密的生活、泪下的人生,他们已经成为我挪不动步的那个"数",都算死我的一生。朱熹讲:人禀气而生,气有清浊之分。我心借我口,我幸福,是因为,对着他们的名字我依然能流下眼泪。

活水养命

　　村庄诞生,祖先从居无定所的渔猎时代跨入定居生活的农耕时代,村庄将人的生命及感情与土地扭结在一起,一种全新的创造性生活开始了。

　　我在一个出土的墓穴中看到了村庄最初的模型,当中有吹奏器骨哨、打击乐器木鼓,以及单孔的陶埙,考古学家告诉我这个原始村落曾经的生活是如何动人。

　　对大自然的敬畏,对美的崇尚,对美好生活的热爱与向往,这一切都让村庄里的人不是单纯出于求生的本能而活着。

　　这种品质,是村落的核心品质。

　　几千年来,它不一直是我们村落居民赖以衍存不败的精神定力和不断进取的内心动力吗?

　　乡土,是人类历史上一个非常重要的文明形态,我十分感念自己出生并成长于村庄,甚至可以称得上幸运。村庄里的人,都是普通得不能再普通的人,土里刨食,总觉得本领来得不太费功夫。也因此,很多人失去了让自己从朦胧到清醒的机缘,浑浑噩噩几千年,日子过得四平八稳,倒是对年月日从不含糊。

来自山外的冲击始自上个世纪末,故乡人不断丢弃掉一些往日的所爱,日子开始过得紧凑,但每个人的心里,依然坚守着祖先遗传到骨子里头的良善。只要有一个人走出去了,世界就变大了,那些站在山顶上眺望远处灯火的山神凹人,开始心跳加速。离开很可能意味着再也回不来,但是,奋斗一生,不就是为了背井离乡?

人挪活,树挪死,这是老祖宗留下来的一句话。

曾经和自然一起灵动成长的人们,在他们活泛的头脑里,生长着诸多奇思妙想,可一旦被城市文明占领,那些触手可及的灵光便走失得无影无踪。

对故乡的牵挂,也是对旧时日子的挂念,那里有血浓于水的亲情。新旧杂陈,轻重各异,如同童年许下的"不分离"诺言,生活的剧情向前展开,谁也猜不透多变的情节。每个走出故乡的人都有对故乡的一份牵挂,流动不羁的情感在这里可以一再坚守。当发现故乡人走得七零八落时,童年的梦想已经被改写,空落落的,唯有河水依旧坚持着方向。

有一天我回乡,发现不少留在故乡的人发财了,养殖业让他们富裕了起来,好年景时,一年收入不下三十万元。

世相多变，人的信念一再动摇，性格中的那些固执坚守，是不是就是人的福气？

上苍把我放置在穷乡僻壤的环境，春天的暖阳，梦中的蜂群和蝴蝶沿着花香与藤蔓缓缓下降，夜晚的院子里能看到许多人的背影，他们多数没有进过城，与城市永不谋面，苦难的日子轻易就把一件梦想的事潦草地抹除了。

在天空之下，一个幻想者在炕上辗转反侧。炕墙画中，时光早已被浪费。在堆积着尘埃的旧时光里，它像一本至善的书，我守着月光，静静地阅读它，不知道哪一个场景更打动我。

我在成长过程中对山外的认知少得可怜，炕墙画告诉了我历史，仿佛那是生活的一个必然背景，我在场，甚至不需要夜晚，炕就是我的舞台。一个山里人如果不读书上学，一辈子生活在山里，知命自足地活着就是幸福。

童年的乡村给了我故事，与蛙鸣相约、与百姓相处，生活中耳闻目睹的人事构成了我最早对生活的认识，布衣素鞋，日出而作，日落而归。有些时候他们也有声响，譬如生就一副扯开嗓子骂人的花腔，活在人眼里，活在人嘴上，妖娆洒脱。

乡民说：人活着不生事，那也能说叫活人？

人一辈子不能过于四平八稳，连牲畜也是如此，翻山越岭的日子叫"活得劲了"，那是登得了高、下得了坡的能耐啊。

我见过母羊和小羊在羊圈里分开的情景。母羊要出山了，小羊如一个儿童,不知脚下深浅,它要留在羊圈。放羊人挥舞着羊鞭,一下两下,母亲开始往羊圈栅栏门方向走,小羊在鞭声中跌跌撞撞,找不到母亲,见任何一头羊从身边走过,都认为是自己的亲娘,那用羊角顶撞母羊的可爱劲儿,一瞬间,就让剧情向前展开。母羊们在甩击的鞭声中走往山腰,长长的羊群,荡起了黄尘,叫我泪流满面。

网上说,每天中国都有近百座村庄消失。村庄里的人呢? 城市一直是他们梦想中的富足之地。那么村庄的土地呢? 大面积的土地被闲置,人总是在万不得已的情形下,才会想到土地。

乡民说:我不想让土地闲着,土闲了长草;我也不想让我闲着,人闲了难受。

往外走的人呢?

出门人成了外乡人。

章太炎曾经感叹中国的国民性流转的多,持守的少。

是不是每个人的心里,都有一个很难割舍的故乡?

我坚信重返故乡是未来人的必然选择。《活水》养命,我感谢我的村庄,感谢村庄里的日子,感谢那些花开草长的声响和大自然里日升月沉的梦幻。生活在这样的地方,人间是生动活泼的。

活着就是一种壮举

——一幅画作的开始与结束

童年是一个大有作为的年代,守着时日,活得自在。童年渐行渐远,淡至模糊、喑哑、疼痛、空落落。在回忆的重创和侵蚀中坠入深处,也有明亮呈现,便是老屋、故人、玩伴、山阔水长。

画这幅画时想到父亲,一辈子恋着土地,一个城里上班的工人,长年请病假,他在乡下的日子中,无所事事,然而面对田野的自由,他似乎触摸到了神圣,通过汗水,他获得舒畅。置身农事之外,他小心翼翼地拒绝通往山外的路,路是有力量的,有妄想。在乡下,父亲不走正道。

山野之间崖壁上都有攀爬的路,日夕相遇,有丰而茂的草木,父亲喜欢这样的路。喜欢草木之人,他自己亦是草木。乡下人很性情,实而真,直而诚,长得丰富极了,人和虫鱼鸟兽,又及四季中的风雨雷电,都是说话对象。

父亲不是隐者,更多是一个喜欢自由的人。记得有一年开山种地,为了让山地的肥料厚足,父女俩把去冬的荒草收集在一起,又想茅草轻浮,烧后也不过是一层浮灰入不了泥土,便下了死力气刨灌木根,翻晒后点燃,沤肥后撒在地里。那一年春夏时分父亲种下黄豆种子。

出苗,见风见雨长得欢实,付出劳动的过程中眼见豆苗长得浩浩荡荡,我们就坐在山腰上凝神静气俯瞰,想象着秋天来临。

豆苗恣肆地长,无节制。父亲说:地有厚德,可载万物,依时而作,土地永不辜负人。

那一年因为地肥足,豆子长有近一人高,不开花,扯秧,叶肥秆壮,示威似的给我们示好。没有花朵便没有一个豆荚,失控了,端看眼前,这完全就是荒芜的尊严啊。

再没有如此深刻的提醒能告诉我记住什么。劳动可以把什么都改变,劳动本身消耗的却是人的模样,似乎只有这样才足够盛载悲喜。没有比自由的疯长更闹心的事情了,日子不易,在四季轮回面前,只有时间才具有总结一切、梳理一切、收割一切的力量。

道路,蕴藏着无限的成长方向和发展可能,终于有一天农田里都不种庄稼了,远方的城市有文明照耀和财富的积累,一个普通的农人参与社会化大生产的意义,类同一个国家对全球化世界的格局参与,决定性作用总是艰难的。有多少农人在长满万物的土地上劳作,在释放生命力量的行进中,以创造财富来经天纬地。

他们是自由的,自由的代价有可能和获得的财富不沾边,但是,自由又是多么叫人向往!

又一年去山西翼城县郊区,见到一位写诗歌的朋友晋侯。一直以来他舍不得自己的乡下,天暖的日子里,他把心灵的宁静安置在乡下的土窑内,并在院子里种下了油菜花。

一道柴门,又一道,在寒意料峭的风中,寻找一扇打开的门,这不是一个浪漫抒情的年代,庸凡的生活,一切都显得那么轻。就在柴门打开的那一瞬间,院子里开满了油菜花,尽管人们已经开始喜欢早春的荒草地上那种鲜明的层次,以及泥土的苦涩,但是,油菜花确实带给了我精神上的迎接,这使我想起了张爱玲的一句话:"活着就是一件壮举。"

五眼窑洞,朝南,给人一种不忍惊动岁月的惊鸿。站在院子里的油菜花田,春风从远处刮来,夯土的墙只是拦挡了一下,艾药香掠过我的嘴唇,我狠狠地吞了一口,这是呼吸最为隆重的事情,或者眼目,春天就是这样的,风情,有序,用一种光芒生长在朋友晋侯的院子里。

这就是生活啊。

去冬柴门上的对联还在,晋侯说他的父亲刚走,并不因为红彤彤的对联而不悲伤。他的父亲最好的姿态遗落在这个院子里,那张生前的照片坚固了岁月,一些麻木,对面那山岗一样的土塬上,风列队而过,望过去,我实在是不想把生命的走失理解得过于沉重,如同我们此刻的笑,把一切归于生命的自然、必然。

院子外望沟的土嘴上举着半截老树的木桩,诗人从沟里来乡下,用四十分钟走到他母亲的视野内,情感的抚摸,那种亲情,在他母亲起身拍打风落在围裙上的草叶时,沟口上的晋侯冲着高处喊一声"妈——"。

远处有牵驴汉子走来,犟驴夹着尾巴。几只黑鸟起伏在道路上。要起风了。

酸枣树杈在土墙脚下,发青的枝干,挂着一层宗教般的绿色。去冬一粒干果挂在枝头,似乎以生命之壳自警:这是人间春秋,保护好自己。时光衔接了一切,春天很活泛,尤其是在豁口的墙上望向那些窑洞。

油菜花开开落落,一部分开着,一部分豆荚里的菜籽正在鼓起,在接近最后的成熟,明黄中的沉绿,一年的收成,只有十几斤菜籽,它让生活变得富有弹力。

我想起了黄豆扯秧,秋天,父亲见风起泪的风眼。

从窑洞走进走出,麦秆的泥皮,石灰的墙,人顺着欲望走了。

柴门上的锁用塑料布包着,怕春天的雨水下进锁芯,仅此而已。

沿着黄土墙角前的小路走往高处。晋侯说:人浪费了钱财把砖房子盖在平地上面,人又往城市里去了,砖房子闲着,想不明白人活着是为了什么。

古人曾描绘的理想国是重视死亡而不向远方迁徙,虽然有船和车辆,却没有必要去乘坐;虽然有武器装备,却没有机会去布阵打仗。回到远古结绳记事的自然状态中去,有香甜美味的饮食,清雅的衣服,安逸稳定的住所,欢乐的风俗。人在慢慢发展的过程中无知觉地背叛着自己,人并不如油菜花,一辈子都没有背叛它浑身的油绿和开放时的明黄。

回头再看一眼柴门,一道两道,在它的小动小静之中,我又想到了从前我和父亲种下的黄豆种子,等一朵令人躲闪不及的花开,都是为了一点功名,一点生计啊!在铺天盖地的秋色里,有摇曳风情的豆秧子胡乱扯往天空,纯真的天空,那是谁们终古之居所?

一个平静的下午就这样来临,走进乡村就如同走进了语言,我想象不出亲切的日子是怎样的一种日子,亲切就是赋予了生活具体而真实的内容,在底层被人们忘却的角落里,和一些细小普通的事物亲近并获得美好。

岁月,那些缠绵悱恻、血脉偾张和涕泪滂沱的往昔走远了吗?我的朋友说,挣脱自足,对自己狠一点,叛逆一点,要改变语言首先改变生活。想了很久,很久,我想画出同样的第二张,已经不可能了。庞大的时间单位和情感因素已被我挥霍,时光流逝不是一个类似展开的镜头的移动。

写下一段话:乡村把农人困囿于土地数千年,离开也是对农

211

人的救赎。此时第一场冬雪落下。

　　场景并不常常在某个特定的时刻让一切发生改变,只是在每个人心里,也许茂盛的成长并不是为了收获。

某年的夏天日志

一　听李银河讲女性主义与性

坐地铁到建国门，A口出，往右，社科院门前。柳树绿了，月季萌出淡粉的花。长白条木椅，昨日小雨刚歇，我看到李银河。

"女性主义与性"只是一个学术沙龙，古老而经典的敏感话题，想来只有俗世才感觉到风从两腿间穿过。

那些吐出上班人流的车多么喧哗，完全是动的印象。女性的李银河，很节制，很懂得简单和随俗，谦和而可亲。我能感觉到她话语间歇的笔锋。

午饭安置在一个幽雅的小院，四个人，不多，东西南北，方位确定。北京的六月热到汗流浃背。四季里，我最喜欢春，它的变化是点滴中的羞涩，如友人纸面上不断丰富的画意，由简至繁。

女性主义与性,附载着一种人文精神,其根植于中国传统生态厚土上的传达形态,都是源于对生活的深层解读。针对女人的身体是一场战争。李银河讲:

——中国女性享受不到性爱的欢愉,居然生出了数十亿的中国人。

——服从并满足服务的女人们,其活着的意义已远远超越了女性本身。

——性,更应该有一种人性中美好而诗意的底色,而长流水般质朴本真的情感,不仅仅因为"它"。

——情感不应该被操练得像新技术一样越来越尖端。

聆听,一个学术敏感的话题。不屈不挠的生之战,比之李银河,我们仅仅停留在嘴巴的扑朔迷离中。失爱之间,只能是一种因人而异的对幸福的理解,我不够学术。

问:通向男女平等的路径中,我们回避了什么?

答:性。

套用《哈扎尔辞典》里的一句话:我习惯于这块干爽的高地一如习惯于自己的性。

走出校门的时候,王红旗和我讲她的十二岁之前,看到一些平常人看不到的现象,夜晚的时候会看到灯火通明,现在,一切一声不响地老去了。

一个童话的女人。

弗洛伊德说梦是大脑皮层里潜意识神经的激活。骄傲的人都以为一觉醒来能干出大事,看着睡去和醒来的人,我却没有那样的感觉。生活不是一场华丽的寓言,人与人的距离也许就只有0.01厘米,但是,你就是厌恶认识。像梦一样,很快会丢掉。

睡去无声,醒来写字。

与木成舟通话,他说:你出来吧,我怎么就看不到你呀?

一种清冽与寂寞,我回头看,却根本找不到任何可以坐下的地方。

地铁在日新月异的城市下滑行。

二 在俗世中修行

去后海恭王府听戏,穿越烟袋斜街,买了两双绣花鞋子。

是一个气佳景清的夏夜。戏是昆曲《白蛇传》。昆曲,历史悠久,却微波不澜。

戏曲是世俗生活的描摹和缩影,很喜欢佳人越格,小生逾矩,生活中一切老不正经的东西,很适合做戏剧人物。因此,戏曲与现实生活相左。

《白蛇传》是佛和俗展开的内心搏斗,尖锐的世俗交锋。人生会有这样的世俗情景,它需要某个人成全某件事,假如没有法海,一本戏就泄了;假如没有许仙左右摇摆的性情,两个人的爱情则无戏可演。

"断桥"是《白蛇传》里的重要背景。背景对于剧情有非常重要的凝神作用,极大地形成了故事的向心力,并助推了思想精神的外延与升华,它告诉了我西湖的精神高度。

恭王府的戏园子,暗藏着青砖莹润内敛的霸气,享受在演出中,昂贵的欲望,使我在一瞬间噙满莫名难辨的泪水。

穿越过后海,敢把一个小水潭叫"海"的人是谁?

后海的酒吧,乐池里的摇滚,摇碎了一地的人影。

我在人流中,我不是谁,来过人世一遭的,最后连印迹都留不下的又有哪些?

挤着心在一起,走过俗世,我修我的生,我的灵魂的欢喜。

是宿命的。注定在俗世中修行。修得不好的,只能在轻风和土尘中荡世。伶俐的人越活越明白,原本一切都是"赤裸裸,净洒洒,无牵挂"。

那么,"得失之心,是非之辩",都一起抛掉吧。

德国神学家迪特里希·朋霍费尔在他的遗著中这样写道:"除非我们有勇气为恢复人与人之间的健康和有益的包容而战斗,否则,一切人间价值都将被掩埋在混乱中。"

依靠着世俗稳固着岁月的嬗递,得学会在世俗中修行。

你说:只有教养很高的人才明白,宽厚是一种美德,和睦是一种幸福。

三　学会屏蔽一些人和事

不为什么,就为了感觉北京。坐着地铁,一号、二号、五号、十号线。

那日,外面黑云压城。

一道闪电,委顿于地,我们用简洁又晓畅的语言聊天,生硬的站台——分秒的催促。

窗外,四处游历的身影,怀着如锋的口舌。

一切,都是为富贵和名利捕捉进攻的目标。

你说:学会屏蔽,宁愿让阳光的金针扎出热泪,别叫窗外的黑云伤目。

眼观手不动。

我看到有两个聋哑人用手语交流,彼此眼睛里都有爱怜和欣赏。

赏阅的目光都是由表及里。

彼此,永远的望穿秋水。

天堂一样的爱,离万丈红尘十分遥远的闲适,被我读到。

最大的幸福,莫过于见到对方疲惫不堪的容颜。

谁说的?

若干年前,一个人用一辆破旧的自行车驮着我穿越长安街,只为满足我对这条长街的好奇。

私有化的心情既然有抵御的,也有长久的怀念。我怀念。

我认为:天空从某种意义上看,更像是一部缓缓展开的记忆。

时光飞逝如电,是一个清明景和的日子,那时真想好好谈一场恋爱。

天气缓晴,走出地铁口的一刹那,你送我拉什迪的《羞耻》。

你说:乔伊斯的《尤利西斯》恐怕是世界上最难读的小说,却是一个世纪里最伟大的小说。

我点点头。

缓晴的都市,人像色泽汪洋中的小鱼,川流不息。

听李洱讲卡佛。

苦吟作家。

出版方解释:虽然卡佛写的是美国"下等人",可他的中国读者全是中产阶层。

谁能炮制出简陋的句子,就敢说领了卡佛神韵?

四　感恩敌视你的人

在高尔夫球场与几位友人聊天,窗外是铺天盖地而去的绿,迎面而来若有若无的草香,坐着品一点什么的感觉,亦包括品这一种隔世的奢靡与安逸。

身侧有佛,佛乐的声音入心入骨。

谈到佛,谈到石窟,谈到人类的聪明,又凭着聪明塑造了一个和自己一样的佛。佛敞着灵魂面对天空和你同甘共苦拥戴天地。有谁知佛无心,佛心是人心呢。

谈到嫉妒,谈到敌视,谈到内心丑陋,谈到没有比天地更包容的包容,没有比健全心态更宝贵的财富。

朋友说:感恩敌视你的人,是我一辈子努力完善自身的功课。

一句更见风情的话。

敌视你的人如战国的策士,怀着如锋的口舌,迎合猎奇的眼目,四处留迹,为心里难受寻找平衡的目标。其实这个世界什么都可以失去,不要失去敌视;一切可以失去换回来,而敌视,假如你不努力,永远召唤不来。没有敌视的人,生活永远都是庸常寡味的。如果你还想有价值有意义地活一次。

青草和谐地包围了我们的感官,散步,淡黄的日光下,青草延伸着傍晚非常华丽非常奢侈的暖意,第九洞的果岭上把球轻巧地推进去,抬头时,我看到女友的笑像苏绣一样美丽、飘逸。

五　那一年我俩去内蒙古

明天去内蒙古,我想起了那一年。

那一年,我们从银川租车走过阿拉善去腾格尔沙漠,一路上

219

经历了形形色色,第一次看见戈壁滩,因为一望无际的苍凉,几乎看不见水和树影,四野茫茫,我们感到寂静与风声同时涌入内心。

路经一片坟墓,我们越过铁丝网走进去,躺在墓地上,感觉天灵盖上方三尺有说不清楚的动静在涌动。生命不会永远是原来的样子,若干年后我们也会如此进入地下成为腐殖的泥土,只是不会有陌生人来墓地躺下。不为了什么,只为了风景的愉悦。我们在进入沙漠的途中,我们在途经的墓园脱胎换骨。

我从来没有觉得死亡有多么的不容侵犯,一种抚摸一切又放弃一切的从容和冷漠,兼容彻底自如了的优雅。

那一年我们看到了方正的西夏文字,看到了贺兰山。尽管清冷空旷如斯,尽管伟岸雄壮如斯,在千般风景面前回望来路,你说,我们以后还要来。经历的过去是不可被复制的,直到现在,仔细想想,很多想法都是突然之想。我们现在没有什么可以唤醒"突然之想"了,年岁大了,活得懒惰安逸,舍不得许多,没有多少激动的事情,就连听到别人的骂声都想笑,还惦记这人,真辛苦啊。

那一年的沙漠,人和事在千里之外,我们被浓重的黑暗和寂静包围,时间在流逝,世界在时间之外。蒙古包里的蚊子和蚊香,还有酒和香烟,到最后我们半夜时爬上沙漠高处看月亮,享受着属于我们的光和影。然后从沙漠的高处滚下来,第二天看到身体上皮肤的青紫,我们俩大笑,笑到疯癫。

多么好的岁月呀,在沙漠深处发现精神活动的快感,自享自足。

黄草纸,水蛇腰

文字斑驳地记录着老时光。

来自北方的桑皮麻头纸,再生环保。我还记得童年,植物的纤维每次被平筛托起,即成一张纸。纸,有厚,有薄,有舒散,有凝聚。手工的纸,粗放里蕴含细腻,细腻里潜藏豁达,风和日丽中晾干,融入了阳光的色调,乡人叫:黄草纸。

冬天的黄草纸糊在窗户上,整个村庄都很怀旧,镰刀似的月亮挑在树梢,猜不透。窗外雪地上一长串狐狸脚窝,它的三寸金莲盛满了各种故事,与生活有关,与风霜有关,与情感有关。糊窗纸没有捅破之前,我听到一个女人喊:

"雪啊,凉啊,屁股蛋子挂了霜啊!"

空空荡荡的,站在千年文化的凝结点上,需要和黄草纸一样悠远沉静的心境,才好去抚慰岁月。

想不到的是若干年后,我用黄草纸作画,那些浮动的桑皮经络,亲切得让你觉得如体内的血液流动。我似乎又想起了从前,从前的心爱之物。阳光裹起密集的尘土,慢慢涌动着,我的亲人们穿梭在中间,有一点生存的荒凉味道,风吹动他们的衣襟,而笼罩在这一切之上的是一股扩散开来的牲畜味。那一瞬间被惶惑了,最好的命运被篡改了,是什么样的魔术手破坏了原有的秩序?

奇怪的是,时隔多年我站在乡村的舞台上,舞台上的一些事,或许因为不曾记得的矛盾,甚至一场单纯的口角,彼此那么多年过去了,我还记得他们舞台上的形象——妖娆。

这些记忆是扎了根的,在心里,有时候正做什么事情,不知为什么就感觉从前的舞台非常熟悉地来了。

绽开来,仿佛颓败的美好越来越大地顿洞开去。我把他们框在脑子里,很久之后,就想把他们一一画出来,可惜我没有那么多的天赋或异秉。我想,就随性而画吧。

想象一种情景时,脑海中出现的画面不是出自自己的视角,而是像灵魂出窍一般,因为真切地感受过他们的喜怒哀乐,动笔之前,他们只是视觉上一种强烈的刺激带来心尖上的一阵颤抖,墨落下时,黄昏跟随寂寞爬满了我的小屋。

一件事情开始之后,我总是怀揣着一个很大的抱负,看着纸上的他们,突然明白,抱负只是暂时被替换了,我还是一个写作者。天边光线的层次穿过云层,诚实地映射到我的脸上,我是我,我的画只是内心的一份不舍。不管怎么说,只要写作,只要画画,都可以洗涤我脑海中一些烦恼。

想起童年,乡下的岁月弥漫着戏曲故事,炕围子上画的"三娘教子""苏武牧羊""水漫金山",寺庙墙壁上的"草船借箭""游龙戏凤""钟馗嫁妹",八步床脸上更是挂着一座舞台,人人都是描了金的彩面妆,秀气的眉与眼,水蛇腰风摆柳,或者水袖,或者髯口,骨格间飘逸着秋水浓艳般的气息。

伴随着日子成长,后来又学了戏剧,可惜没有当过舞台上的主角。

庆幸的是,更多的日子里是站在台子下看戏。风云变幻的历史,折射的却是社会的风情变迁,人生前无论怎样显赫、辉煌,尘埃落定后都将成为过眼云烟。"两个饿肚皮包容古今,几根傲骨头支撑天地"。正值好年华,那时候,有村就有庙,有庙就有台子,有台子就有戏唱,有戏就会唱才子佳人。舞台上人生命运错落纷纭,连小脚老太都坐着小椅子,拿着茶壶,在场地上激动呢。我看台子上,也看台子下,台子下就像捅了一扁担的马蜂窝,戏没有开场时,人与人相见真是要出尽了风头。

台子上,一把杨柳腰,烘托着纤纤身段,款款而行,每一位出场的演员一代一代,永远倾诉不完人间的一腔幽怨。

人这一辈子真是做不了几件事,一件事都做不到头,哪里有头呀!我实在不想轻易忘记从前,它们看似不存在了,等回忆起来的时候却像拉开了的舞台幕布,进入一段历史,民间演绎的历史,让我长时间徜徉在里面。

尘世间形形色色的诱惑真多,好在尘世里没有多少东西总是吸引我,唯有唱戏的人和看戏的人,沉入其间我没有感觉到缺失了什么,比如人生缺失了什么都是缘分,都得感恩!

乡下,浮游的尘土罩着山里的生灵。春天,河开的日子里,觉得春风并不都是诗情画意,亦有风势渐紧的日子;活着的和曾经活着的,横晃着影子走进我的文字,岁月滴滴答答的水声,消歇了一代又一代人,那些走老了的倦怠的脚步,推着山水蠕蠕而动。那些风口前的树,那些树下聊家常的人,说过去就过去了。人要知道节气,是不是?

记忆如果会流泪,该是怎样的绵长!

亲人们让我懂得什么是善良、仁慈和坚忍,我庆幸我出生在贫民家里,繁华的一切成为旧日过眼的云烟之后,身后无数的山河岁月,心目所及,我的乡民,只要还想得起他们明澈的眼睛,不久就会是丰收的秋天了。

对于乡下人,收获的秋天就是一场戏剧"秋报"的开始。台上台下,台上是疯子,台下是傻子,生动的脸,无疑让我有了绘画感觉的获得。

岁月如发黄的黑白相片色调,想画时,感觉并不沉重,它清清淡淡、丝丝缕缕地由心底生起,像一声轻轻的叹息,单色调更像是彩色作品的底子,或者说是逝去日子的旁白。那些清新的人间柴烟味道的生活,让我再一次回到尚不算遥远的青春时代,回到那些已经在无数次记忆中经过过滤留存下来的明月当空的日子,那些日子里有我们共同的卑微。是的,一种挥之不去的惆怅,我总得抓住光阴做点什么,以便对自己的生命作一个交代。

一生一世,时间的距离使追忆成为对现实感受的提炼,只想对他们深切地关注,他们都是我曾经认识的熟人熟事,入文入画都不如入心来得疼痛。我在画案前,我在书桌前,我们一起坐着,天就黑了。

岁月是如此曼妙而朴素,世上万物都有因果,在村庄里感受生命里的爱,我便懂得了一个人的灵魂因饥饿而终于变得坚强,因富足而衰弱得像煮熟了的毛豆,听不到爆壳声,嗅不到生豆的味道。

无论现在和从前,鸡狗畜生,都知道走至河边会感觉村庄格外地平整敞亮。那些庄稼人的屋子总是朝着太阳,男人和女人担了生活的苦重时,天空落下的碎金子般的阳光,这就是界限了,他们懂得,那些节外生枝的人生也许是另一番天地,但是,只有回到朝南开的屋门前才有勇气喜怒哀乐。

写作和画画都是怀恋从前,都是玩儿的生活。人生是一条没有目的的长路,一个人停留在一件事上,事与人成了彼此的目的,互相以依恋的方式存在着,既神秘莫测,又难以抗拒,其使命就是介入你,改变你,重塑你,将不可理解的事情变成天经地义,如此就有了自己的成长历程。

成长，其实也是寻找自我，不断靠近或远离自己的过程。

现在，我手上握着一支羊毫，尽管我只是一个初学者，很难操控我对好的绘画的偷窥，很害怕自己喜欢上了别人的东西，很怕被人影响，但是，不影响又能怎样？喜欢的同时又觉得，别人那么画挺好，我喜欢；但是，不是我心里的东西。我想画什么，技艺难以操控我的心力，或者说心力难以操控我的技艺，唯一是，想到我经历过的生活，我感到自己就不那么贫乏了，甚至可以说难过。有些时候难过是一种幸福。

因为，我活不回从前了，可从前还活在我的心里。

文人学画，其实是走一条捷径。即便是诚心画，许多难度大的地方永远过不了关，简单的地方又容易流于油滑，所以画来画去，依旧是文学的声名，始终不能臻于画中妙境。我始终不敢丢掉我的写作，画为余事。

想起编辑家张守仁写汪曾祺，题目叫"最后一位文人作家汪曾祺"，说汪曾祺的文好、字好、诗好，兼擅丹青，被人称为当代最后一位文人作家，这是因为天资聪颖的他从小就受了书香门第的熏陶。汪曾祺之后，谁还是最后一位文人作家？我自称"文人画"，有些时候我会脸红。其实，我只是觉得从前还有那么多的牵挂，在精力的游移不定中，文学和画，都是我埋设在廉价快乐下面的陷阱。我为之寻找到了一种貌合神离的辩解，随着日子往前走,有如河床里的淤泥层层加厚,我厚着脸选择了我的生活,而你们给了我一个最高的褒奖——"文人画"。我只能说落入任何陷阱都是心甘情愿的。

我相信任何一门艺术都是有灵之物,它会报答那些懂它的人,它在夜与昼交替之间,控制了未知,并一次次浇灭体内因欲望而生的焦火。人到中年,再一次靠近自己的兴趣,我才发现,写作和画画于劳力的人,确实有着实在的功效,天气,物,光线,都是无法复制的,尤其是入画时那一刻的静,风的节奏,就连性格也比平常内敛。一辈子的好时光都留在了从前,那些我认识的故人,还有他们的恩情,我怎么好一个人执意往前走呢?在我从来就没有真正寂寞过的世界里,夜与昼之余,一种很幽深的精神勾连,让我犹如见到菜籽花般的喜悦。信不?世界上最美好的事情就是这样,相互依存。

春天了,风吹着宣纸,飞花凌空掠过,一层景色,一番诗情画意。浪漫而不无虚荣的记忆中,与生活有关,与风霜有关,与情感有关,站在千年文化的凝结点上,需要有和宣纸一样悠远沉静的内敛,我才好去抚慰岁月。

讨酒喝

　　嵇康性情中最纯正的个性是一疙瘩铁。本来应该"忧乐两忘,随意而适"的他,因为司马氏集团的征辟、拉拢、怀疑、监视,他由铁变作了打铁的人。洛阳郊外,嵇康的铁匠铺子,手中的铁锤击向火红的砧上,顿时火花烂漫。他打农具是不收钱的,为的讨酒喝。那是一种稳定而枯燥的节奏,他居然打出了音乐。

　　我听《广陵散》,那低哑的琴声如潮湿的青苔,无端地会听到天边一声惊雷。他打铁只是为了图个快活,那么《广陵散》呢?把我的眼泪一再催出来的琴声,我欣赏他特立独行的叛逆气质。嵇康的铁匠铺,"闻所闻而来,见所见而去"。他不是一个顺应社会的人,他具有一种珍稀的品质。魏晋名士山涛举荐他做官,山涛认为:有才华的人一定要在一定的位置上才好彰显才华的力量。

　　嵇康愤慨。他觉得当下的社会,"礼"有多么虚伪,"法"有多么荒唐。拒绝之下有小人。司马昭可以容忍阮籍、刘伶的狂放,可以容忍孙登、黄甫谧辈的隐逸，却不能容忍一疙瘩铁的烈性。欣赏嵇康的死。命是什么？刀起头落。他死前弹奏一曲《广陵散》，三千太学生，命于他的指尖，扫尽尘嚣，扫尽悲欢，扫尽意淫，生死富足得恰到好处，这样的男人，还能出现吗?!

女人的好是什么？是亭亭又端庄。男人的好是什么？是修身齐家，革命维新。好女人一定要和一个男人私奔，正像德伯家的苔丝一样。敢私奔的女人对爱情基本不善经营，为爱有腔子里的·口气。私奔的人一般都相信天边有一株绛珠草。真爱一定不要在裙子开合之间徘徊。不管天边有什么样的结果，单说私奔那令人着迷的一刻就叫人心动。真正的爱情一定要有"舍身求爱"的精神，像越剧《追鱼》里的鲤鱼精，像《白蛇传》，真爱是仙化了的；落到尘世就像《秦香莲》，守妇道妇德，顽固继承捍卫自己的家常，岂知爱情于她早就没有了男欢女爱。

男人里面我极不喜欢包文正，不仅是在陈世美的事情上极不喜欢，更多的是权力之下难以理喻的偏执。怎么说杀死陈世美都是情大于法的事情，让我明白那法律大多是人治不是法治。《秦香莲》里有几句单调的台词很有意思：

包文正："陈世美！"

陈世美："包文正！"

包文正："小孺子！"

陈世美："黑面贼！"

一个女人以荒淫的方式去伺候一个男人,不仅人美而且心灵也美。被后来人反复祭祀的这个女人是春秋时期的西施。她伺候的这个男人,最终的效果是要他国破家亡。吴越恩怨,史书上写得很明白,可我有时候一想到这里就绊住了,和她十几年肌肤相亲的男人,到后来就是为了看到他和他的臣民受辱。历史给后人造出许多虚七实三的事,西施的美是越人给她的,与她同时代的一个有才华的人叫墨子,他说:"西施之沉,其美也。"他告诉我们西施最后的结果——因为"不洁"的身子只能沉潭喂鱼。我不喜欢西施。

想到勾践活着时的样子,为了复仇连对手的便溺都要品尝,中华文明那一句"男儿膝下有黄金"活生生叫他玷污了。戏剧故事里解读说西施最后跟一个姓范的人隐居过幸福生活去了,这样的结局我也不喜欢,世上哪有这样有肚量的好男人? 西施是中国古代四大美人之一,单说那张结实的床上,一个蜷缩着身体躺在那个男人的胳膊弯里,风情地挑逗,使出浑身解数去燃烧对方,冷静的时候却要算计他的死亡,这样的女人,我仍旧是不喜欢。

和女人说一是一、说二是二的男人里有项羽。项羽是一个力大无脑之人,大多旷世英雄都具备了足够的才华,项羽没有,他赢得旷世英雄的美名,我一直认为是因了他的女人虞姬。一个在婚姻中到死都没有修成正果的女人,在四面楚歌里舞蹈的女人,和着泪把英雄末路的项羽抬成了旷世枭雄的女人。天下爱情有多少？历朝历代寥寥的几例,虞姬行动着项羽的事业,她让死亡也变得光荣了。女人的爱,有的是前半生,有的是后半生,前半生夺尽了后半生的华彩,活比死要酸涩无比。如果虞姬不死,也不过是一个后来的陈圆圆罢了,人尽皆夫,到最后,当年白嫩的手腕萎成一段枯槁的柴,不再般配年轻时的香艳。死亡,什么样的生命到最后也不过是一腔热血,虞姬死得好啊,四面楚歌下,她与乌骓马一起蹄音如鼓。

千百年来,我们喜欢项羽,是因为项羽粗鲁却是讲义的;刘邦谦和,却是不讲义的。历史上讲义的都失败了,不讲义的都胜利了。——无赖万岁!虞姬那样的女子,不说多余的话,是个即使是崖也跟着跳的无赖。

读他人的爱情,过自己的日子。但一定不要做好色之徒。我婆婆给我讲一个邻居家的故事,一个八十岁的老爷子,喜欢上了一个七十岁的老太太,每天傍晚在胡同口等那个老太太提着菜篮子出门买菜。有一天老爷子病了,在家输液,到了傍晚的那个时分突然就烦躁了,一着急提着输液瓶子去了胡同口。看护他的妻子不明白他要做什么,于是跟踪到胡同口,终于发现了傍晚时分的这个惊天秘密。他妻子给我婆婆讲述时,我在旁边听了一直想笑,这老爷子对爱急迫得露骨,他真叫个好色,但他不是好色之徒。

好色之徒是武则天。她是一个旷古未有之人,先为老皇侍妾,继而又以成熟女人的魅力诱惑了新帝,直到废唐立周。唐太宗李世民其实不满意她那异常冷静的残忍,她那残忍恰恰适合了李治。爱情对于她仅仅是争权夺势的游戏,凡有碍于她那非凡野心的,都将从肉体上消灭掉,她也因此而用肉欲征服了老子的儿子。六十岁后,武则天以洛阳闹市一个耍拳卖药走江湖的壮汉为情夫,只因为此人的性器非比寻常,武皇谓称爱情;七十岁时,又与一对漂亮的少年猥亵,这是最为正统道德所指斥的,可武皇偏偏喜好这一口,以追求"终极"享受。好色之徒一般都沾染着利禄功名、骄奢纵物的世俗浊气,二般是都有权力支撑着。

若干年前我背诵陆游的《钗头凤》,背诵到"错、错、错""莫、莫、莫"时,感觉背景一声比一声沉。爱是不能厮守一生的,就像一碗煮了豆子的粥,捞呀捞呀的,一碗粥到最后稀得照得见天空。爱情有了分离才有了保持爱的完美的可能,爱呀爱呀的,一下失了——好,经典来了。

16世纪的苏格兰女王玛丽·斯图亚特以及在法国大革命中上了断头台的玛丽·安东瓦内特,由于她们无法摆脱爱情的羁绊,最终导致了身首异处的悲怆结局。茨威格激情而凄恻的笔触独独钟情于两位失了王冠的女人。晚清举人杨乃武与小白菜的爱情,听说是以小白菜木鱼残生而告终;想想杜十娘怒沉百宝箱,李香君血滴桃花扇,就忍不住让人痛快,世上虽少了几对俗世夫妻,人间却拥有了经典爱情。我们说能爱到老才是造化,终老时就怕能留住的也只是四顾茫茫的搭把手。——似乎也很难。

古人中有个求婴，喜欢悠远低沉的琴音，他要求学生弹琴时把指甲剪光只用指头肚弹，学生接受不了，他生气地说："你图声大何不去敲鼓！"这世上起码有一部分女人就像求婴听琴一样，更喜欢那种"妙境"。吴三桂和周幽王叫我有一点点心动。褒姒死得刚烈，被掳后不愿受辱碰死在石头上。五百年的春秋战国，开创了仇恨、残杀、奸诈，褒姒一笑原本是无意的，因为她看到了万绿丛中一股生烟，可偏偏周幽王就认为褒姒好这一口。周幽王的失败不是因为褒姒，正如墨子说，天下大乱的根源是因为人们不相信神明了，不敬畏上天了。上天是谁？是它的臣民啊。想想哪一段历史不是"冲冠一怒"，只是很少有为了红颜。

把爱情诠释成经世绝伦的是柴可夫斯基和梅克夫人。两个人因为音乐成为知己。同在莫斯科一座城市，通信十三年，信件上千，信件中两个人对彼此每一天的了解比同在一个屋檐下生活的夫妻还熟悉。梅克夫人曾经很想见柴可夫斯基一面，但她越想见越激动，越激动就越怕见，最后她只向他要了一张照片。多么含蓄。她见到照片后说："它使我的世界燃烧，使我的心又光亮又温暖。"据说多年后柴可夫斯基是叫着她的名字离世的，而梅克夫人听到消息后，不久即抑郁而终。我们的张爱玲原本也是明白这个道理的，可偏偏遇见的不是柴可夫斯基，而是胡兰成。在《民国女子》那一章，胡兰成写张爱玲，三分佯狂三分自得三分扭捏，我是不喜欢的。

好女子一定要像萧红。有一段话讲她，"脸上无温情，也见不到笑容，神情分着你我，好像她与外界保持了相当的距离"，其实当朋友没有钱的时候，她会送钱给他们用。她的女友白薇说："多少人爱她呀！许多人都追求她，发疯似的追求她！"她爱过的人是数得出来的。爱，死死的爱，爱到死，再也无法执手，才算得上"爱情"。

我很奇怪，缺什么没有什么来引领，比如我们的电影。上世纪90年代的《廊桥遗梦》和《泰坦尼克号》，我认为不是最佳影片，可看电影的人们潮水一般，他们的心情疯到了极致。《霍乱时期的爱情》和《巧克力情人》，那种经历漫长的等待才能和爱人在一起，多好！

有一年我和一个叫杨芳的女孩去杭州，黄昏时我们在西子湖畔漫步，一路上讲着湖畔发生过的爱情故事，花非花雾非雾，笼罩着山色塔影和醉柳艳桃，疲累得走不动时就坐在树荫下。湖水很凉，买一杯热豆浆来喝，两个人嘴里咬着吸管怀想苏小小。这西湖比比皆是的楼、寺、塔、坟，无一不涉及历代顶尖名士，连缀起来，是一部只有第一没有第二的风流蕴藉的历史。数小小最小，小到小小的知名度，只有一袭清香留世，却又能如此诗意地适时出现在游人心里。"千载芳名留古迹，六朝韵事著西泠。""湖山此地曾埋玉，花月其人可铸金。"这个十九岁死去的女孩，情是万顷沧海啊,雨雾飞花,洇香,好风景是偏僻的、寂寞的,侠骨柔肠,笔底春色,苏小小被唐朝诗人润色得玲珑剔透。由诗词我们谈到艾略特。艾略特说:"诗歌不是放纵感情,而是逃避感情。""只有那些有个性和有感情的人才知道逃避这些东西意味着什么。"杨芳说:"如果心中只有爱情,是否会写出伟大的诗歌?"我说:"会。因为只有爱情的冲动才会那么强劲。"

难得文人不正经

"郎骑竹马来，绕床弄青梅。"如今郎骑竹马渐渐远，远的过程就是一切。怀旧，是人的通病，也是人的不正经，这些年很盛。说白了，不正经，是刻意营造一个自由宽松的环境，去想象历史，调侃生活。当下中国传统秩序严重退化成"一本正经"，从一个层面上展示了民间情怀的瓦解，另一个层面上又和政治衔接得紧张；再一个是怀旧风泛滥时，很多时候人会变得"醉生梦死，百无聊赖"。其实，"一本正经"和"不正经"就差那么一丁点。前者，毫无人味，有生活崇高志向作怪；后者，有人性解放，看淡衣食苦而风情不减。前者，把天下早已经整明白了的道理拿起当思想说；后者，则是把社会和那个常与社会打交道的神经，从崩溃的边缘拉回来。

不正经，林林总总，俯拾即是闲言话语，和文人的情怀有关。文人坚守的领域，一直有一层神秘的面纱。在他们文字的不同叙述中,似乎仍然是中国最后的精神和道德堡垒,仍然怀有和民众不同的生活信念或道德要求,仍然生活在幻影和恶作剧当中。在主流中叙述故事,却不是故事中心,蠢蠢欲动又方向不明的社会里,文人的性子不能够尽情张扬,在社会的消费欲望中开辟发展新的领地,这个领地里的文人越发拿不正经当情趣了。

古时民间饮食是有规矩的,两宋之后百姓才有了一日三餐制。在此之前,按礼仪天子一日四餐,诸侯一日三餐,平民两餐。西汉时,因叛变被流放的淮南王曾接一道圣旨,就专门点出,"减一日三餐为两餐"。普通平民日常饮食能从两餐到三餐,最欣喜的是文人。

把饮食描写融入吟咏的诗词歌赋中,苏轼的"不正经"决定了他的情趣。他写有《东坡羹颂》《猪肉颂》《老饕赋》《试院煎茶》《和蒋夔寄茶》等。饭饱生余闲,他见人家妇人卖饼利少,心血来潮帮卖饼妇人写下了广告诗:

> 纤手搓来玉色匀,
>
> 碧油煎出嫩黄深。
>
> 夜来春睡知轻重,
>
> 压匾佳人缠臂金。

"少年一段风流事,只许佳人独自知。"那个时代的苏东坡,有失意的处境,没有失意的人生。有一道菜叫"东坡肉",既是居士又吃肉,可说是人生修养的一个范例。

黄州好猪肉，价贱如粪土。富者不肯吃，贫者不解煮。慢著火，少著水，火候足时它自美。每日起来打一碗，饱得自家君莫管。

不正经的贪吃改变了苏东坡生命中很多重要的事情，历史才让他长久活在了当下。

张若虚的《春江花月夜》，被前人称作以孤篇压倒全唐。那一句"谁家今夜扁舟子，何处相思明月楼"，真叫把风月推向了四级之高。闻一多曾给这首诗极高的评价："在这种诗面前，一切的赞叹是饶舌，几乎是亵渎。"又说："这是诗中的诗，顶峰上的顶峰。从这边回头一望，连刘希夷都是过程了，不用说卢照邻和他的配角骆宾王，更是过程的过程。"闻一多 1925 年留学归国，走下海轮的刹那，他难以抑制心头的兴奋，把西服和领带扔进江中，看着它们漂向西方，他的中国身子急切地扑向祖国怀抱。

我见过出土的唐代陶俑仕女，乍一看就很温暖，暑气撩人的样子。元稹诗句"藕丝衫子柳花裙"，欧阳炯诗句"红袖女郎相引去"，能看出唐代文人喜女子红装，喜媚俗。清风朗日，虢国夫人身着描有金花的红裙，裙下露出绣鞋上面的红色绚履，走在长安郊外晒富，倦意来了，几个肥肥的女子，停留在日头晒不到的凉亭下饮酒，一幅挥汗而就的奇异画面，酒喝到火候，哥哥妹妹鱼水情深的样子。盛唐的音乐文化在与各民族的音乐文化融合后，发展兴盛到了历史顶峰。如是说文人不正经那份开放，不如说不正经那口酒和女子胸口前的大朵牡丹。

历史上不正经的文人被女人怀念的多了,比如北宋词人柳永,是一个具有艺术家气质的词人,他风流、落拓而又饱富才情。只是他那个时代,入仕是所有文人追求的核心目标,也是文人唯一的出路,因此艺术也要为之服务。那些在文坛执牛耳的领袖都能将两者完美地结合在一起,所以柳永虽有令人敬佩的才华,也只是用于花街柳巷。柳永最后家无余财,死后被一群妓女送葬。如果不是那活着时"不正经"的深广情怀,怎么能在历史上独成风景?

喜欢看文人不正经的书屋。文人的书屋安适独立,于世间纷乱争逐之外,不一定大,有书足可以裹卷文人的气场。

丰子恺先生在他的"缘缘堂"里写作、画画,多少打击和创伤能够伤及他那颗善良的心?他的心一定具备了自给自足的本领,不然他不会给自己的书屋起名"缘缘堂"。他不露声色地点化着凡尘俗世中心乱意迷的人们,他是可以在乱世中获得文化定力的那种。看看先生的漫画,便知先生有多么"不正经"。他让一个孩子尝试雪花膏、牙膏的味道,他就想告诉世人,不为执着还为洒脱,人就这样一天天在无知、有知中把自己堆叠成了历史。

文人在历史上一直处于寂寞之中;又不甘寂寞,努力地在社会空间中寻找自身的位置,确立话语权,寻找容身之地。文人率直,有一种莽撞地介入现实的力量。文人的不正经应该算是社会角落里的一朵奇葩。

现实生活并不是一般意义的一本正经,适用性太强的俗世,很容易激发人的功利体系,太正经的文人在此间活着,既不能真正的精神独立,又不能真正的空间独立,有几个字支着,很容易"看不惯一切",很容易营造出一个"偏静"之境。中国文字在当代中国实用性中一直处于衰变过程,自己的书屋取一个什么样的名字并不重要,重要的是一定要有点"不正经"。

文人活在精神田园里最典型的代表人物是陶渊明。"采菊东篱下,悠然见南山",你看他那"桃花源"似的生活,千百年来,无论平民百姓还是王胄贵族,都在声色犬马的天地间念叨这种生活。现代社会,农民都不能够守节,真要让文人过这样的生活,恐怕文人不比农民强。

见过许多书屋的叫法,"人境庐""双忘斋"等,无非是"堂""斋""轩",所有的出现形态大都是从古文人的文章中获得启悟。什么样的名字能有丰子恺的"缘缘堂"好呢?什么样的名字能有鲁迅的"三味书屋"好呢?什么样的名字能有郁达夫的"风雨茅庐"好呢?

岁月粗糙如煤渣,又粗糙了多少情怀?"朝来风色暗高楼,借隐名山誓白头。好事只愁天妒我,为君先买五湖舟。"郁达夫与王映霞,这对"富春江上神仙侣"到最后变成在泪眼中争吵度日的夫妻,寂寞一旦被世俗化,郁达夫也只好不正经地拿起笔,饱浸浓墨,在那衣衫上大写"下堂妾王氏改嫁前之遗留品"而已。

不知为什么,我一直不喜欢文人的山水画,而偏好人物画。再好的山水,也明知人家是在取法宋人、元人,也具备了雄浑沉稳一格,可我偏就不喜欢。可能是住在太行山上,看多了自然山水的缘故,看那雨淋山崖皴的样子,一看就是为画画走进山中的,少了纵酒放笔、任气使才的性情。喜欢看文人的人物画,喜欢那一脸的人事之渺小、天地之唯我的样子,很耐琢磨。

文人不正经是俗世的窗口,有呼吸,有体温,有古今。看看当下社会闹腾得多有阵势,闲余看看文人不正经的文字,文人说:看看吧,看看吧,阳世哪里有鬼,鬼都在人心里藏着呢!

文人里的字画最难求的,大家认为是贾平凹,其实是错误的认为。平凹老师的字很好求,只要你和他"不正经"。那一年去四川郎酒集团开笔会,酒桌上我说:"平凹老师,外界对你评价不好呀,都说你小家子气。"他说:"我哪里小家子气了?"我说:"比如想求你字……"没等我把话讲完,他急忙说:"你把你的地址给我,我回去就写好寄给你。"果然,半月后收到十个大字:"凤栖常近日,鹤梦不离云。"和一个人正经,怎么可以求得到他的字呢?

文人大多喜竹子,由喜而画。画竹可以写实,可以写心,来得快,有文人难得的高雅在纸上。我一见难得的高雅就想到了难得的流俗。能画好竹子的人是有画者骨格在里面,竹影疏朗,看似画得自在,却能看出笔头生拙老辣,意态清新俊逸。风流才子唐伯虎曾在一扇面上画了竹子,铺纸蘸毫,他的画如何? 倒是《画竹诗》:"一林寒竹护山家,秋夜来听雨似麻。嘈杂欲疑蚕上叶,萧疏更比蟹爬沙。"可说是"流俗"得太不正经了。王维有"独坐幽篁里,弹琴复长啸"之句,与《黄冈新建小竹楼记》有一比,王维是唐时难得高雅的诗人。不是所有的文章都说竹子是好东西,也有骂的:"墙上芦苇,头重脚轻根底浅;山间竹笋,嘴尖皮厚腹中空。"人是个怪物,多少好诗句我没有记住,偏偏这尖酸、不正经,反倒鲜活在我心里。

古今能说出"宁可食无肉,不可居无竹"的,只有苏东坡一人。"门前万竿竹,堂上四库书",只为了确证一件事——不可一日眼中无竹。可知他的另一面不正经呢,"十八新娘八十郎,苍苍白发对红妆。鸳鸯被里成双夜,一树梨花压海棠"。一个"压"字,道尽无数未说之语。

我的书房里挂过一幅字,不是名家写的,是很普通的一位友人应我的要求写下,八个字:"真水无香,假山有妖。"我喜欢这八个字。如今人到中年,觉得越发难以正经,倒不是想"玩世不恭",实在是对自己很难正经。我不是名人,但知道名声卓著的人都有点"不正经"。看卢梭、托尔斯泰、雨果,包括我们的鲁迅。周先生给许广平写信是这样的:"广平兄,我是你的小白象呀!"那年他四十四岁,长得又老又黑又瘦。

几年前在京看电影《东邪西毒》,东邪带着一坛新酒,从绿色遍染的东边,到风沙干烈的西域,送给那里的西毒。一坛酒,一世人,就只为了一个女人——桃花。桃花是以此试探西毒的真心,东邪是借此一睹桃花的芳容,西毒是为了从此得到桃花的消息。一年一次,坛底见空。极喜欢导演王家卫那句把心掏走的台词:"今年因为五黄临太岁,周围都有旱灾,有旱灾的地方一定有麻烦,有麻烦,那我就有生意。我叫欧阳锋,我的职业就是帮助别人解除烦恼的。"王家卫的电影有一种文人在美学上,甚至空间关系、人际关系上自己的解释,有些不正经地强调诗情画意。

　　我喜欢庄子的一句话:"天地岂私贫我哉?"但,这句话一时没有想好请哪个不正经的文人来写。

力量在民间

　　一位八十岁的女子,坐在干涸的河滩上,手里握着一棵青萝卜,我想不出来该如何去亲近她。她身上有我说不出来的好。我知道时间在我们中间,不能把乡下的那些朴素的日子保存到今天。今天,我在她握着的青萝卜上找不到水滴了。一个孤独坐在河滩上的女人,年轻时从没有离开过故乡,但她知道天下一定得靠一张纸钱来认路。

　　她的脸上没有显出我想象中的悲伤,日子对她已经无所谓,只要不背离开季节,她愿意过最简朴的生活。时间走剩下她一个人,她还是年轻时的衣着,那张脸老了,老得没有了季节。人老去时钱便失去了重量。年轻时借走的钱还了回来,钱是她的富裕吗?钱是红尘的富裕。她是一只孤独着月光的鸟,翅膀已经脱尽羽毛,没有多少人知道她给世界带来了风景和思想。

　　力量在民间。

在这一片土地上,我只要看见穷人有笑脸,一定是我活着的力量!

那个给我讲故事的人,他坐在饭桌前。这世界有那么多心事,所有的故事里的心事跳动在我身边,我长着一双还没有色盲的眼睛,我看那些天下事:教师强奸幼女,官员强奸钱财,艺人消费官员,官员和商人风追马蹄,消失的人性比风还显速度。

谁来秀我们的灵魂?

一个女人坐在河滩上,把天下坐成了一座寺院。

一个男人坐在饭桌前,他说,只要看见一点美好,你就一定要抬头。

我无法像一个农妇一样把一生的悲苦交给泥土。我触摸着上帝遗失在天下的语言,那些赤贫的良心,一直都在清除着天下的阴霾。

这天下啊,遇见这样的女子,犹如火在柴中行走。

流水亘古

看见一床好琴,我僵立在那里,好似面对一个尘封千年的禅偈。

遇见是一种缘分。在某个黄昏的前奏时间里,将自己的白昼沦落到角色中,然后走进黑暗。暗是静虚之境,声音是属于夜的。

在青岛,遇见曹安娜,寂寞到需要弹琴的女子,冬日的萧条很适合我们的气质。一拍即合,有些时候感受通常都是由同样场景激发出来的。她说,有一床断琴,古远。我一下就被一种急切的刨根问底心情扼住了,有温暖的东西膨胀开来,仿佛颓败的美好越来越大地澒洞开去。

黄昏的云是有经纬的,天边光线穿过云层打射到精神物质消费的地上,走,是一个优质动词,对于外乡人,城市的陌生中总有自己的知音。

如果不是一曲《流水》,真的很要命,深情而邈远的,有多少语言难以说出的情思藏在岁月深处。

一床旧琴，仿佛没有重逢过，琴馆的小先生坐在琴前弹一曲《流水》，已经感觉不到琴有断口。我的心一直提着，生命如逝水的万般冷寂，感官是半开半闭的，拥有此琴的人，一定是以前的有产者，中庸、平实，与豪华无缘，与贫穷也不相关联。

琴声是一条条思绪的入口，通向那些不事张扬的旧影，因此，我想起了清人陈卓画《携琴访友图》。陈卓在他所有遗留在人间的画作中，所画人物线条和山石用笔更接近于南宋的院派风格，我们以往的美术历史都将龚半千当作金陵画派的领袖，其实这个画派的真正首领是陈卓，龚半千只是其中艺术水准最高的画家，而不是领袖。

由宋人的"瘦"想到冬天，一个寂寞的人携琴踏雪而去，悦己而后悦人，有琴在，话是人世间最多余的事情。

谁是古琴的"领袖"？《列子·汤问》篇：伯牙善鼓琴，钟子期善听。伯牙鼓琴，志在高山。钟子期曰："善哉！峨峨兮若泰山！"志在流水，钟子期曰："善哉！洋洋兮若江河！"伯牙所念，钟子期必得之。作为追记的传说，不必尽信，但从中可看出琴在友情中的力。

当昆德拉被人们称为"小说的立法者"时，他对小说在当代的合法性与可能性表示了质疑，认为小说的形式不会消失，但小说的精神却可能慢慢地流失。这是一个问题，犹如当下人们对古琴的理解,许多人在学,甚至在表演,那么,古琴是什么"东西"?

水石相撞、漩涡急转,短小的泛音让我联想到流水一路碰撞,继而汇流成河,最终自由流淌的那份不同寻常的欢跃和释然。滚拂的再度使用,强调了流水的特征,透明的色彩泛音,生动描绘了流水由动转静,从穿越急流险滩到自由流淌,气氛由紧张过渡到安稳,人的神情也随之放松下来,油然生出春光明媚。我写《流水》,只是因为学琴,平常日子过去时,知己在哪儿?

"小说家的散文"丛书

（以出版时间先后排序）

图书在版编目(CIP)数据

一唱三叹 / 葛水平著. —郑州:河南文艺出版社,2020.8
(小说家的散文)
ISBN 978-7-5559-1019-0

Ⅰ.①—…　Ⅱ.①葛…　Ⅲ.①散文集–中国–当代　Ⅳ.①I267

中国版本图书馆 CIP 数据核字(2020)第 106107 号

选题策划　陈　静
责任编辑　陈　静
书籍设计　刘婉君
责任校对　梁　晓
责任印制　陈少强

出版发行　河南文艺出版社
本社地址　郑州市郑东新区祥盛街 27 号 C 座 5 楼
邮政编码　450018
承印单位　河南瑞之光印刷股份有限公司
经销单位　新华书店
开　　本　787 毫米×1092 毫米　1/32
印　　张　8.25
字　　数　159 000
版　　次　2020 年 8 月第 1 版
印　　次　2020 年 8 月第 1 次印刷
定　　价　38.00 元